Christine Rechl

Das inoffizielle Harry Potter Bastelbuch

mvgverlag
kreativ

Inhalt

Kennzeichnung: *** *leicht* *** *mittel* *** *schwer*

Anteloquium

Was ist Magie? In jedem von uns ist sie angelegt, egal ob Muggel, Zauberer oder Hexe – wir hatten sie nur lange vergessen. Es ist das große Verdienst von J. K. Rowling, dass sie der Welt wieder einen Zugang dazu geschaffen hat – zur Magie und zur Magie des Lesens. Worte schaffen Bilder in unserem Kopf, und die können sich genauso echt anfühlen wie die Realität.

Es gibt zahllose Produkte zu kaufen, die genau »wie in echt« aussehen. Aber ist es nicht viel schöner, selbst zu zaubern? Die Ideen entstehen im Kopf – und das Zaubern fängt dort an, wo wir sie real umsetzen. Kreativ sein ist ein bisschen wie zaubern – man hat ein Ziel, verschiedene Zutaten und Fähigkeiten und zaubert daraus etwas ganz Neues. Wenn du in Zukunft mit dem »Allzweck-Magische-Sauerei-Entferner« putzen wirst, geht Putzen wie von Zauberhand. Kochen mit Zauberkräutern macht noch mehr Spaß als mit banalen Gewürzen. Wo die Fantasie aufhört und die Realität anfängt, ist deine Entscheidung – deswegen können auch hübsche Fläschchen mit bunten Essenzen eine magische Atmosphäre schaffen. Auf Partys könnt ihr euer Harry-Potter-Wissen messen – oder einfach in das Harry-Potter-Universum abtauchen. Nimm dir Harry, Ron und Hermine zum Vorbild – sie gehen immer ihren eigenen Weg. Sie halten sich nicht immer an die Regeln, sondern machen das, was sie für richtig halten. Das erfordert Mut und Entscheidungsfreude – das ist beim Basteln nicht anders. So wie die drei aus Büchern lernen, um letztendlich ihre eigenen Fähigkeiten zu entdecken, so hilft dir dieses Buch, deine eigenen Ideen umzusetzen.

Ich wünsche dir viel Freude beim Basteln und erwarte gerne deine Eule, wenn du mir etwas mitteilen möchtest.

Christine

Usurpanto!

Hier erfährst du die Basics – sie werden später nicht mehr erwähnt. Lies sie also aufmerksam durch und präge sie dir ein.

Vorbereitungen: Bevor du mit einem Bastelprojekt loslegst, solltest du immer die Anleitung ganz lesen! Überprüfe, ob du auch alle Zutaten zu Hause hast. Stelle dir alles an einem Platz bereit, wo du es auch liegen lassen kannst, denn manches muss zwischendrin trocknen und braucht einen sicheren Platz.

Zutaten: Die normale Ausstattung eines kreativen Arbeitsplatzes wird nicht extra als Zutat erwähnt, sondern als selbstverständlich vorausgesetzt. Wassergläser, um Pinsel auszuwaschen, Lappen, um Pinsel abzustreifen, Papier oder Schneideunterlagen, um den Arbeitstisch zu schützen, sind Basics. Als Papierunterlage empfehle ich braunes Packpapier von der Rolle. Das saugt nicht so sehr wie Zeitungspapier. Man kann große Flächen damit auslegen und es gleichzeitig für Skizzen und Notizen während des Arbeitens benutzen. Packpapier gibt es in jedem Kaufhaus oder Drogeriemarkt. Nebenbei: Es eignet sich auch sehr gut zum Zeichnen. Braunes Papier nimmt die »Angst vor der weißen Fläche«.

Pinsel: Feine Pinsel bewegen sich zwischen Stärke 4 und 6. Für Lack nimmst du am besten Lackpinsel. Synthetikhaarpinsel sind robust und günstig.

Pinsel Auswaschen: Sind Acrylfarben einmal getrocknet, sind sie wasserfest – das gilt natürlich auch für Farbe im Pinsel. Deswegen: Nach dem Anmalen immer den Pinsel sofort auswaschen oder ins Wasser stellen. Synthetikhaare nehmen es auch nicht übel, wenn sie einmal zu lange im Wasser stehen.

Besser, als sie eintrocknen zu lassen und sie dann nur noch mit stinkendem Pinselreiniger aufweichen zu können! Acrylfarbe lässt sich am besten mit warmem Wasser und ein bisschen Spülmittel aus dem Pinsel waschen.

Maltechnik: Für feine Linien und Punkte nimmst du Farbe auf und drehst den Pinsel mit der Spitze auf einer Unterlage, bis er glatt und rund ist. Probiere das ruhig aus, bevor du loslegst.

Geduld: Nicht alles gelingt sofort, viele Materialien sind geduldig – sei du es auch! Porzellanfarbe kann man vor dem Brennen immer wieder mit Wasser abwaschen. Ist die Bemalung also nicht gleich beim ersten Mal geglückt, dann weg damit und noch mal neu beginnen! Es ist noch keine Hexe und kein Zauberer vom Himmel gefallen! Übung macht die Meisterschaft!

Mut: Probiere alles aus und glaube an deine magischen Fähigkeiten! Mit Mut und Hingabe wird dir alles gelingen!

Zitate: Die Texte, die ich verwendet habe, sind Zitate, die mir besonders gut gefallen oder die mir für ein Projekt besonders geeignet erscheinen. Das Zitat »Die Spur löst sich, wenn man 17 wird« (aus *Harry Potter und die Heiligtümer des Todes*) ist z. B. ein tolles Motto für den 17. Geburtstag, dem Tag der Volljährigkeit in der magischen Welt. Nimm dir die Bücher nochmal zur Hand und suche nach den Textstellen, die du am liebsten magst, um sie in den Projekten zu verwenden.

Latein: Auf Lateinisch klingt alles geheimnis- und wirkungsvoller. Die Zaubersprüche bei Harry Potter sind meist im Imperativ II formuliert, (= Imperativ Futur). Der Imperativ II wird in der Muggelwelt besonders bei Gesetzen und Vorschriften weltlicher und sakraler Art verwendet. In der Welt der Magie ist er die kraftvollste Form für lang- und kurzfristige Zaubersprüche. Die Ausführung wird nicht immer sofort, sondern oft auch für einen späteren Zeitraum oder für immer erwartet.

Magie: Magie ist die Verstärkung von kraftvollen Gedanken, die du bündelst, um sie dann freizulassen, um ihre Wirkung zu entfachen. Sie sollte stets voller Licht und in guter Absicht verwendet werden. Je öfter du deinen Zauberstab verwenden wirst, desto mehr wird er sich mit deiner magischen Kraft anreichern.

Zauberstäbe

Der Zauberstab sucht seinen Besitzer. Du kannst nicht irgendeinen Zauberstab kaufen – es muss der sein, der zu dir gehört. Er ist das wohl wichtigste Utensil, das du zum Zaubern brauchst. In ihm bündelt sich die Energie deiner Zauberkraft. Er verstärkt deine magischen Kräfte – wähle mit Sorgfalt aus, welcher Zauberstab deiner ist. Soll er wirklich leuchten? Dann ist »Lumos« der richtige. Klassich, schlicht und naturverbunden ist der Zauberstab aus Holz. Die Modelle »1001 Nacht« und »Füllhorn« sind eher dekorativ. Im Füllhorn kannst du magische Gegenstände wie Federn, Perlen, Einhornhaare oder Schlangenschuppen unterbringen. Benutze deinen Zauberstab mit großer Umsicht und stets in guter Absicht.

* * *

Zauberstab Arboreus

Magie aus dem Wald

Ob ein Zauberstab groß oder klein, dick oder dünn, gebogen oder gerade ist, sagt nichts über seine Kraft aus. Entscheidend ist, dass er seinen Besitzer findet. Vermutlich wohnst du zu weit entfernt von Mr Ollivanders Fachgeschäft für Zauberstäbe, und so musst du dir deinen Zauberstab selbst herstellen. Holz ist immer eine gute Wahl für einen Zauberstab, den du wirklich benutzen möchtest. Holz lebt, es ist gewachsen, jeder Ast ist einmalig und birgt eine andere Struktur und Energie in sich. Deswegen nimm nicht einfach irgendein beliebiges Stück Holz, sondern gehe auf die Suche – und lass dich finden. Du solltest im Fokus haben, dass die Länge ungefähr passt, dass der Ast nicht zu dick ist, sondern mit wenig Schleifarbeit seine Form zeigen wird. Vielleicht hast du einen Holzstapel vor der Türe, da wirst du fündig werden, oder du kennst einen Wald, in dem du gerne suchen möchtest. Wichtig ist, dass das Holz gut abgelagert und somit trocken ist, ein frisch geschnittener Ast eignet sich nicht.

Drachenherzfaser, Schwanzfedern des Phönix oder Einhornhaar sind schwer zu bekommen, deswegen musst du deinen Zauberstab, wenn er fertig ist, auf andere Weise energetisieren: Nimm ihn in beide Hände, verbinde dich mit dem Universum, bitte um die magische Energie für deinen Zauberstab und lasse sie durch dich hindurch in ihn einfließen, bis deine Hände pulsieren. Nun seid ihr verbunden und er unterstützt dich bei deinem magischen Tun.

Das brauchst du:

Dünner Ast, circa 30 bis 50 cm lang,
Holzraspel, Holzfeile halbrund,
grobes Schleifpapier (40),
feines Schleifpapier (100),
Bister-Tusche oder Holzbeize,
Arbeitsplatten-Öl oder anderes Öl

1 Der Ast, den du dir suchst, sollte gut abgelagert, also trocken, sein und einen Durchmesser von einem dicken Daumen haben. Er darf keine Bruchstellen haben und natürlich nicht morsch sein. Kleinere Seitenäste kannst du absägen. Du musst erkennen, dass in ihm ein Zauberstab steckt – dann ist er der Richtige für dich.

2 Den Ast in eine Tischschraubzwinge einspannen und vorsichtig mit der Holzraspel die Rinde entfernen. Nahe an der Zwinge arbeiten, damit der Ast nicht bricht, vor allem an den beiden Enden. Den Ast immer wieder neu positionieren, bis er rundum von der Rinde befreit ist. Kleinere Astansätze kann man mit der Raspel ebenfalls entfernen.

3 Eine dünne Spitze raspeln und über den Stab verteilt die für Zauberstäbe typischen »Knubbel« entstehen lassen.

4 Dafür den Stab dort, wo der »Knubbel« sein soll, einspannen und daneben mit der Raspel den Stab dünner schleifen.

5 Diese Stellen mit einer halbrunden Holzfeile nacharbeiten, bis die Übergänge glatt sind.

6 Die Übergänge und Wölbungen mit der runden Seite der Holzfeile fein nachschleifen.

7 Den ganzen Stab rund schleifen, mit dünner Spitze, dickerem Griff und ein paar »Knubbeln« zwischendrin. Nun hat er bereits seine grundlegende Form, die im nächsten Schritt noch weiter geglättet wird.

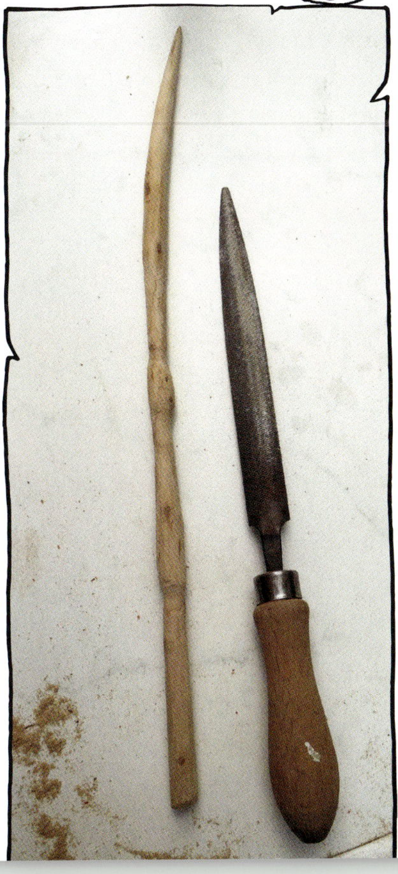

8 Den Zauberstab rundum mit der Feile abschleifen. Ihn dazu an einer Tischkante aufstützen und um seine Achse drehen, damit er gleichmäßig rund wird.

9 Die Spitze mit grobem Schleifpapier glatt schleifen, indem du sie darauf reibst wie einen Stift. Dabei drehen, sodass sie gleichmäßig rund und das Ende nicht zu spitz wird.

10 Den ganzen Stab zuerst mit grobem, dann mit feinem Schleifpapier glätten.

11 Das Ende abrunden, dazu auf feinem Schleifpapier drehend reiben, bis es rund ist.

12 Die Farbe des Zauberstabes ist Geschmackssache – dunkel oder hell, deckend oder lasierend, glänzend oder matt –, wie es dir gefällt. Ich habe ihn mit Bister-Tusche angemalt, die ich vorher auf einem Stück Holz ausprobiert habe. Bister-Tusche wird aus verbranntem Holz, aus Kaminasche, gemacht, das passt für einen Zauberstab. Tusche ist wasserfest, wenn sie trocken ist, man kann aber genauso Holzbeize oder einen Lack nehmen.
Den Stab anmalen und trocknen lassen. Durch die Feuchtigkeit stellen sich die Fasern etwas auf und die Oberfläche wird wieder ein bisschen rauer.

13 Mit feinem Schleifpapier noch mal nachschleifen, dabei die Holzmaserung an manchen Stellen herausarbeiten.

14 Den Zauberstab mit Arbeitsplatten-Öl oder anderem Öl einölen, trocknen lassen und nachpolieren – fertig ist ein klassischer, leichter Zauberstab, der dir treue Dienste erweisen wird!

Der Wandbehang »Karte des Rumtreibers“ (ab S. 100) hat Schlaufen, um deinen Zauberstab aufzubewahren!

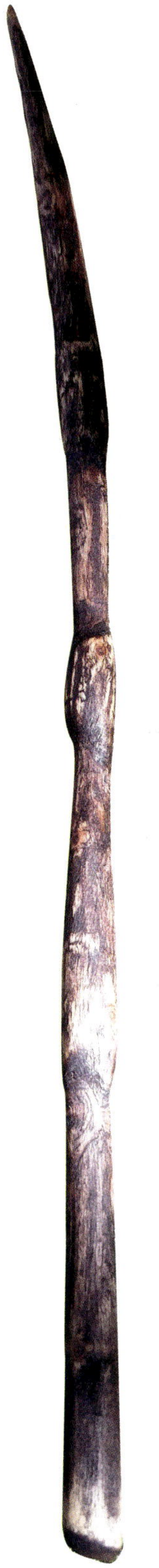

* * *

Zauberstab Lumos

Von der Laterne zum Zauberstab

Du bist alleine, es ist dunkel – aber du hast keine Angst. Denn du hast Lumos bei dir – deinen magischen Zauberstab, der mit seinem Licht die dunklen Schatten der Nacht vertreiben wird. Mit dem Zauberspruch »Lumos!« bringst du ihn zum Leuchten, mit »Nox« zum Erlöschen.

Zu schön um wahr zu sein? Nein – nur ein paar Seiten und ein bisschen Bastelei trennen dich von einem wirklich leuchtenden Zauberstab. Keinem teuren, wie du ihn kaufen könntest, sondern einem Modell, das du mit wenig Aufwand selbst bauen kannst. Das Basismaterial gibt es einzeln oder im Zehner-Pack. So kannst du zusammen mit deinen Freunden und Freundinnen gleich mehrere davon bauen, damit ihr nachts im Garten eure Tapferkeit beweisen könnt.

Und wie? Sicher kannst du dich noch erinnern, wie du laterneschwingend an St. Martin durch die Straßen gezogen bist. Und weil deine Mutter, dein Vater oder du selbst es irgendwann leid waren, dir ständig die Kerze in deiner Laterne neu anzuzünden, hast du einen elektrischen Laternenstab bekommen. Vielleicht hast du ihn sogar noch? Würdest aber heute lieber Harry, Ron und Hermine spielen als Laternenlieder zu singen? Dann schnapp ihn dir und bau ihn um – das geht ganz einfach.

Das brauchst du:

1 elektrischen LED-Laternenstab,
2 Batterien 1,5 Volt AA,
Isolierband,
3-D-Schnee,
Schleifpapier grob,
Metallic-Lack Bronze (Viva Decor, Maya Gold) 45 ml

1 Zunächst den Laternenstab testen, ob er auch wirklich einwandfrei funktioniert. Die Batterien auszuwechseln wird auch später noch möglich sein, aber das Lämpchen nicht. Deswegen empfiehlt sich auch ein LED-Laternenstab, da diese Birnchen wesentlich länger halten werden.

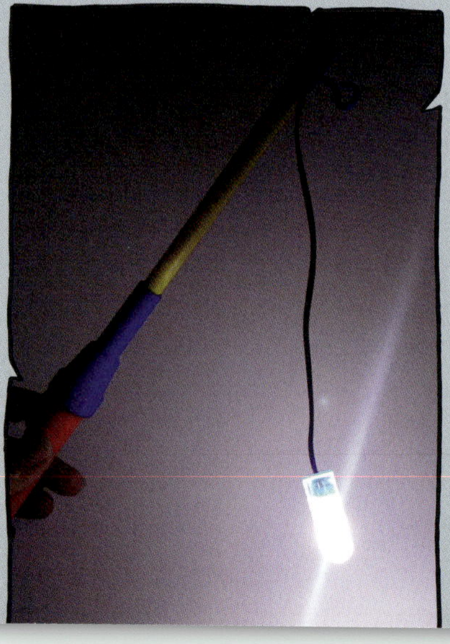

2 Den Laternenstab auseinanderschrauben und gegebenenfalls die Batterien entnehmen.

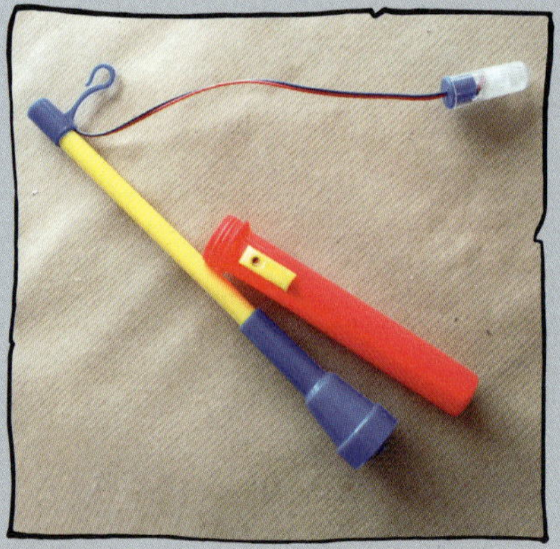

3 Die Kappe am Ende des Stabes abziehen. Dort, wo das Kabel von der Kappe eingeklemmt war, ist eine empfindliche Stelle. Die Kupferdrähte liegen dort bei manchen Stäben offen da. Diese Stelle mit Isolierband ummanteln.

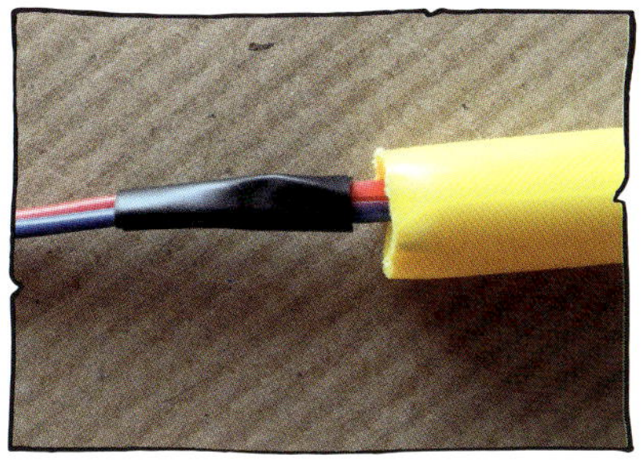

4 Das hintere Ende ebenfalls vom Laternenstab abziehen und das gesamte Kabel in den gelben, hohlen Stab schieben. Dabei so straffen, dass das Lämpchen auf der Spitze aufsitzt, ohne aber abzureißen. Hinteres Ende wieder auf den gelben Stab schieben – nun hast du einen geraden Stab, ohne baumelndes Kabel.

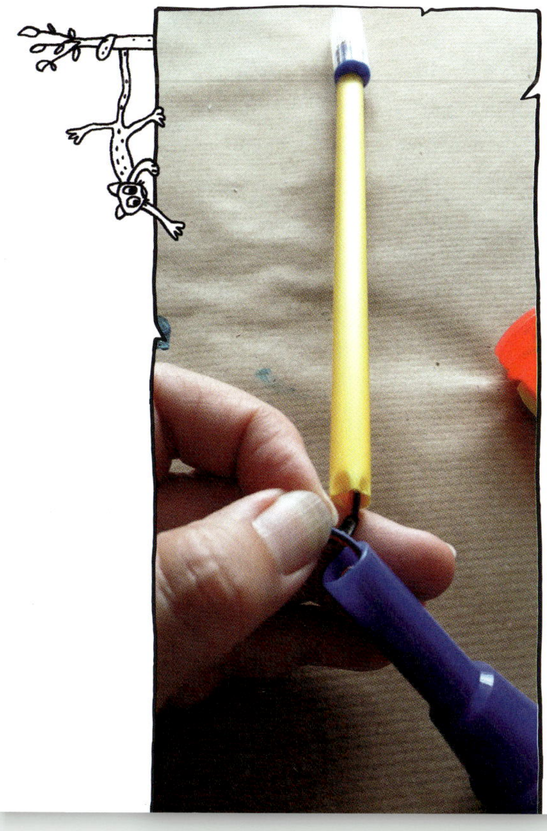

5 Batterien noch mal einsetzen und testen, ob der Stab die Prozedur auch gut überstanden hat und noch funktioniert.

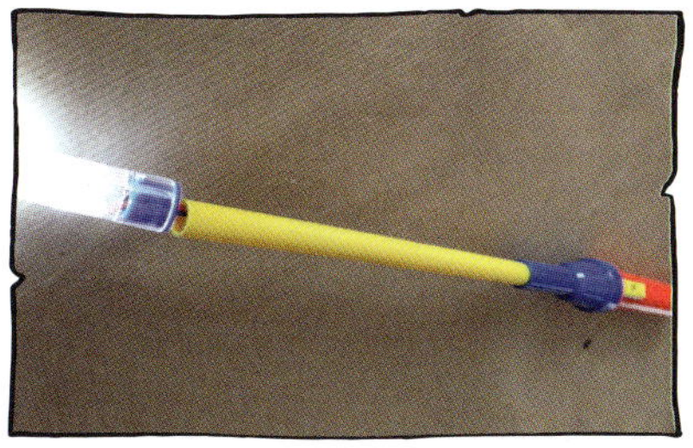

6 An dem Kontaktteil im Stab ein Band festbinden, um ihn später daran zum Trocknen frei baumelnd aufhängen zu können.

7 Den Griff auf einem Bleistift in ein Glas stellen und mit 3-D-Schnee ein Muster daraufsetzen, den Schalter dabei frei lassen.

8 Den gesamten Griff dekorieren – mit einfachen Punkten, Linien oder Kringeln. Auf dem Stift trocknen lassen, ohne dass er irgendwo anstößt.

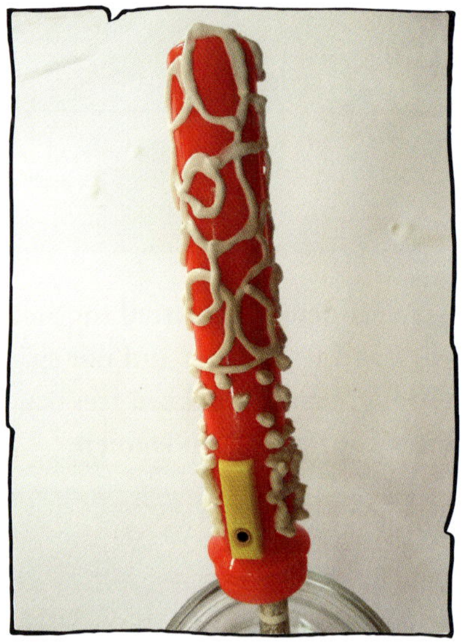

9 Den Übergang vom Stab zur Lampe gut mit Isolierband fixieren und dick mit 3-D-Schnee einstreichen. Das Aussehen ist egal, weil dort später alles glatt geschliffen wird. Hängend trocknen lassen.

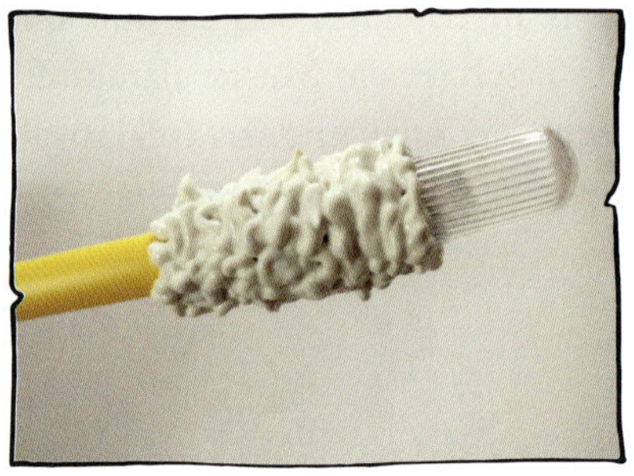

10 Mit grobem Schleifpapier rund schleifen, mit einem feuchten Schwamm vorsichtig glätten. Sparsam mit der Feuchtigkeit umgehen, damit sich der 3-D-Schnee nicht wieder auflöst.

11 Mit dem 3-D-Schnee vorne linienförmig Punkte aufsetzen, den gelben Stab ebenfalls mit Punkten, Wülsten etc. verzieren.

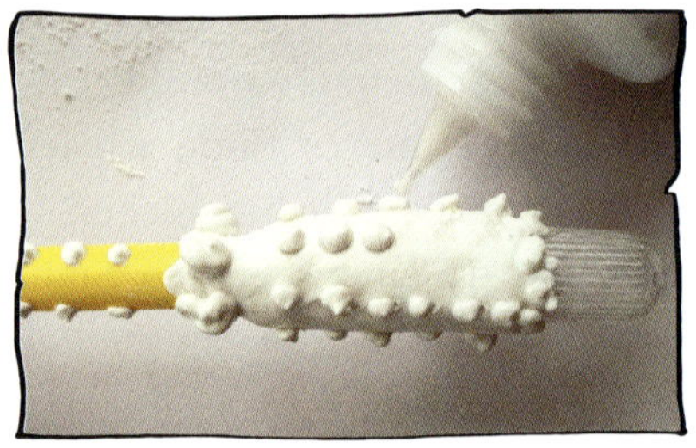

12 Frei hängend gut trocknen lassen – jede Berührung würde die Punkte platt drücken, bevor sie getrocknet sind.

13 Wenn alles gut getrocknet ist, mit einem mittleren, weichen Pinsel eine erste Lackschicht in Bronze auftragen. Die Kanten des Schalters und das Gewinde frei lassen, sie müssen funktionstüchtig bleiben. Die erste Farbschicht wird auf dem Plastik nicht deckend sein, sondern erst mal nur als Grundierung dienen. Der Schnee nimmt die Farbe gut an. Trocknen lassen.

14 Beide Teile komplett einmal lackieren. Erneut trocknen lassen.

15 Sollte der Schalter doch irgendwo zulackiert sein – kein Problem. Einfach mit einer Nagelfeile oder einem Messer die Rille freikratzen.

16 Erneut lackieren und wieder trocknen lassen. Den Vorgang wiederholen, bis alles schön golden glänzt. Batterien einlegen, zuschrauben, Schalter betätigen und ... Lumos! Dieser Zauberstab ist wirklich sehr einfach herzustellen und mit etwas Hilfe auch gut für Kinder geeignet, die es sicherlich schätzen werden, einen leuchtenden Zauberstab zu haben. Er liegt schön schwer in der Hand, sieht teuer aus und kostet wenig – nur ein bisschen Zeit und Farbe.

Zauberstab 1001 Nacht

Geknetet mit geheimen Zutaten

Golden schimmernd liegt er schwer in der Hand und bezaubert durch seine Pracht. Wie aus den Märchen von Tausendundeiner Nacht sieht dieses Zauberstabmodell aus. In das Material, aus dem er geformt ist, wurden geheime Zutaten geknetet, die ihm besondere Kräfte geben. Kostbare Perlen und Goldstaub verleihen ihm ewigen Glanz. Er strahlt machtvolle Zauberkraft aus und bündelt die magische Energie im Raum.

Bei diesem Modell kannst du deiner Fantasie freien Lauf lassen, deine Lieblingsfarben verwenden – vielleicht sogar echte Perlen und Goldstaub. Für den täglichen Gebrauch ist er weniger geeignet, dazu ist er zu empfindlich. Die Knetmasse ist zwar nach dem Trocknen sehr stabil, aber durch seine schmale Form besteht bei heftigem Gebrauch die Gefahr, dass der Stab zerbricht. Ein Zauberstab also für besondere Gelegenheiten und besondere Aufgaben. Welche das sind, findest du selbst heraus – ebenso wie die geheimen Zutaten. Von Gewürzen und Kräutern über Einhornhaare und Essenzen kannst du alles hineinkneten, was dir dienlich ist.

Gib ihm einen würdigen Platz in deinem Zuhause, vielleicht ein schmales Samtkissen, auf das du ihn bettest? Ins richtige Licht gesetzt, wird er dem Raum eine magische Stimmung verleihen.

Das brauchst du:

Lufthärtende Modelliermasse (250 g), magische Zutaten deiner Wahl zum Hineinkneten, Holzfeile halbrund, Schleifpapier fein (100), Heißklebepistole, Acryllack matt Weiß, Metallic-Lack Gold, Bordeaux und Türkis (Viva Decor, Maya Gold) 45 ml, 1 facettengeschliffener Dekostein, aufgefädelte kleine Perlen in beliebiger Farbe, Goldglitter fein, Acryllack glänzend klar

1 Ein Stück Knetmasse von circa 200 Gramm bereitlegen.

2 Magische Zutaten hineinkneten. Einen Stab von 30–35 cm Länge formen, der sich nach vorne verjüngt. Die Masse, wie beim Plätzchenbacken, mit der flachen Hand über den Tisch rollen.

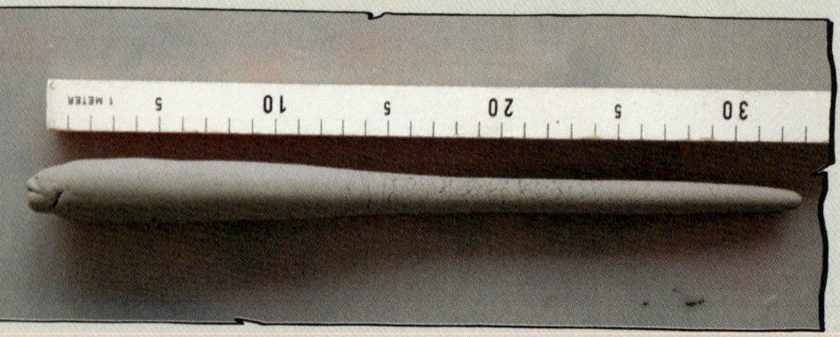

3 Im dickeren Ende einen geschliffenen Dekostein versenken und an den Rändern gut mit Knetmasse überdecken, damit er hält. Er wird später lackiert, die Farbe ist daher egal.

4 Den Stab mit ein bisschen Wasser glatt polieren; nicht zu viel Wasser verwenden, damit er stabil bleibt. Über Nacht trocknen lassen. In den trockenen Stab mit einer Feile dekorative Rillen feilen, in die später die Perlen geklebt werden.

5 Auf diese Weise das dicke Ende mit vier Rillen im Abstand von circa 1,5/2/3/5,5 cm zum Ende unterteilen und vorsichtig glatt schleifen.

6 Mit einem matten Acryllack in Weiß (oder beliebiger Farbe) grundieren, trocknen lassen, mit Schleifpapier glatt schleifen.

7 Das hintere Ende und den zweiten Ring vom Griff in Gold lackieren.

8 Den zweiten Ring vom Zauberstab in Bordeaux lackieren.

9 Den vierten Ring und den Schlusstein in Türkis lackieren.

10 Zum Trocknen in ein schweres Glas stellen.

11 Das dünne Ende in Bordeaux lackieren, trocknen lassen.

12 Farblich passende kleine Perlen aussuchen und auffädeln.

13 Mit den Perlen Maß nehmen, indem du sie aufgefädelt um die erste Rille legst.

14 Mit der Heißklebepistole Kleber in die Rille geben, Perlen aufgefädelt fest andrücken, den Faden vorsichtig herausziehen. Alle Rillen mit Perlen bekleben.

15 Kleberreste überstreichen und dabei alle Farben noch mal überlackieren. Dabei …

16 … in den noch feuchten Lack des zweiten Rings viel Goldglitter streuen, trocknen lassen.

17 In den noch feuchten Lack des schmalen Endes ein wenig Glitter streuen. Trocknen lassen.

18 Eine letzte Schutzschicht mit klarem Acryllack aufbringen.

***

Zauberstab Füllhorn

Zauberkraft aus dem Inneren

Im Griff dieses Zauberstabes kannst du magische Gegenstände einbringen, die dort im Verborgenen ihre Wirkung entfalten. Kleine Steine, Perlen, Vogelfedern, Einhornhaare, Goldstaub oder getrocknete Kräuter und Pflanzen sind nur ein paar der möglichen Zutaten. Nimm dir Zeit, die Zutaten zu finden, halte die Augen ein bisschen mehr offen als sonst und schau, was sich dir anbietet. Ich habe, kurz bevor ich diesen Zauberstab geformt habe, eine Vogelfeder auf meinem Weg gefunden, die habe ich hineingegeben. Dazu noch ein paar Perlen und ... den Rest verrate ich nicht. Du kannst auch einen Zauberstab für besondere Aufgaben mit diesem Modell formen, z. B. indem du ihn mit Küchenkräutern füllst und ihn als Zauberstab in der Küche verwendest. Zur besseren Konzentration und Gedächtnisleistung gib Rosmarin, Melisse, Brennnessel, Koriander und Ginkgo hinein. Stelle dir eine Karaffe Wasser am Schreibtisch bereit, richte den Zauberstab darauf, fokussiere die Energie von Inspiration, Konzentration oder Durchhaltevermögen und schicke sie durch die Spitze des Zauberstabes ins Wasser, ohne es zu berühren. Trinke immer wieder ein paar Schlucke von diesem Wasser, und die Arbeit wird dir leichter gelingen.

Zugegeben, die Form ist etwas ungewöhnlich und groß. Aber er liegt schön in der Hand und sieht durchaus machtvoll aus. Er ist – wie das Modell 1001 Nacht – nicht für den Alltag bestimmt und man sollte sorgsam mit ihm umgehen, damit er nicht bricht.

Das brauchst du:

Lufthärtende Modelliermasse (250 g), Holzfeile halbrund, Schleifpapier fein (100), Teppich- oder Schnitzmesser, 1 Tube Kreidefarbe Ebenholz (Chalky-Chic, Marabu), Metallic-Lack Gold und Türkis, (Viva Decor, Maya Gold) 45 ml, 3-D-Schnee, Goldglitter fein, Acryllack glänzend klar, Vogelfedern, Perlen, Sand, Einhornhaar, Drachenzähne ...

1 Ein Stück Knetmasse von circa 200 Gramm bereitlegen.

2 Mit einer Flasche oder einem Nudelholz eine circa 5 mm dicke Platte daraus rollen.

3 Die Knetmasse-Platte mit einem Messer in circa 3 cm breite Streifen schneiden.

4 Die Streifen von der Unterlage lösen und zusammenfügen. Dafür die Enden übereinanderlegen, mit den Fingern andrücken und den Übergang glätten. Wenn alle Streifen zusammengefügt sind, sollte es eine Gesamtlänge von circa 135 cm ergeben.

5 Den Streifen schräg aufrollen, innen dabei einen Hohlraum entstehen lassen.

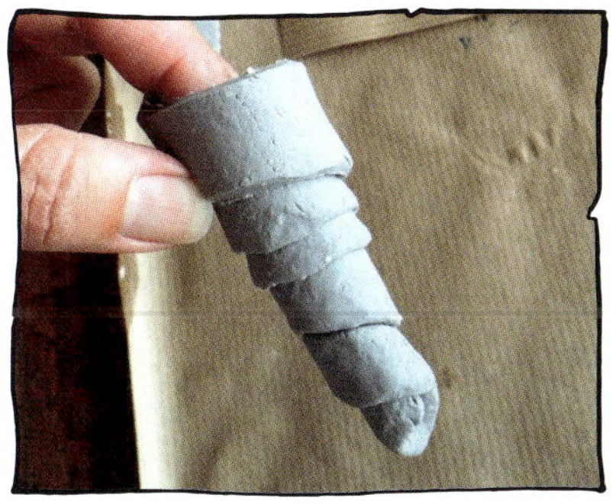

6 Die Ränder dabei aufeinanderdrücken und leicht verstreichen. Von innen gegenhalten.

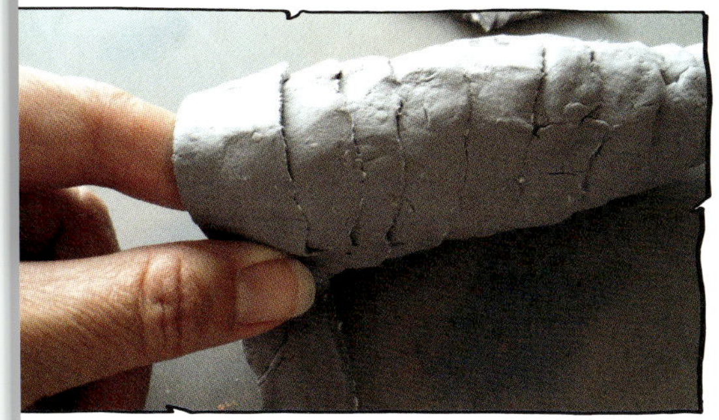

7 Das Füllhorn erst weiter und am Ende enger werden lassen. Dafür die Masse leicht zusammendrücken und mit dem letzten Streifen auf den gewünschten Durchmesser bringen. Die dabei entstehende Falte mit den Fingern von außen und innen glatt streichen.

8 Das Füllhorn nun mit magischen Zutaten wie Vogelfedern, Einhornhaaren, Steinchen oder Kräutern befüllen.

9 Die Öffnung mit einer Rolle Knetmasse verschließen, verstreichen, eine »Taille« formen und das Ende platt drücken.

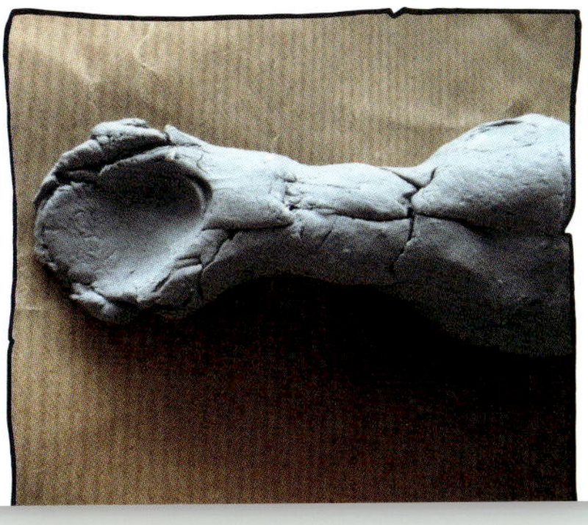

10 Eine circa 20 cm lange Rolle mit ungefähr 2 cm Durchmesser aus Knetmasse formen.

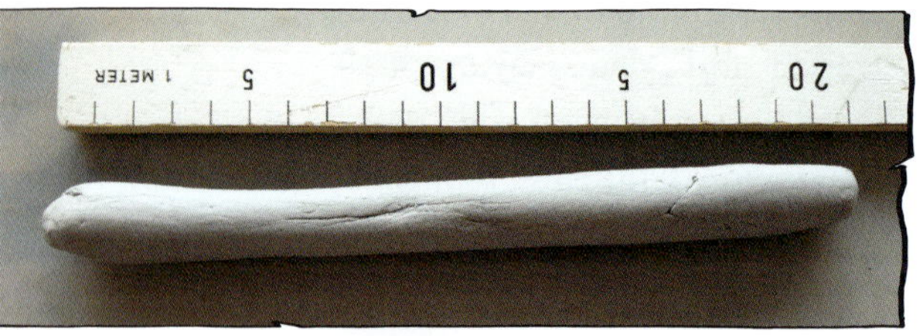

11 Das Ende des Füllhorns mit dem Stab verbinden und glatt streichen. Falls das Material schon sehr trocken ist, leicht anfeuchten und aufrauen, damit es sich besser verbindet.

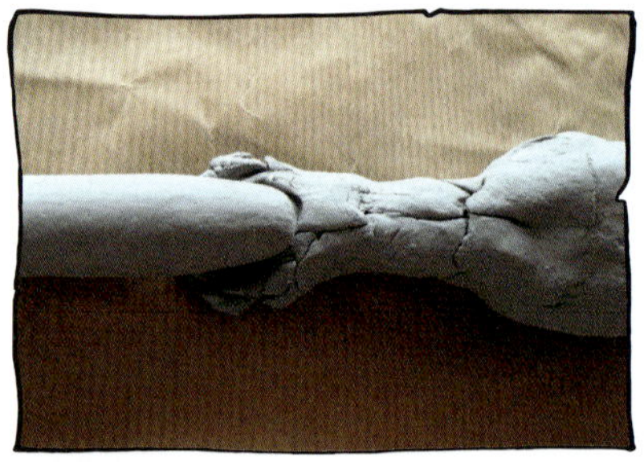

12 Solange das Material noch elastisch ist, den Griff so biegen, dass er gut in deiner Hand liegt.

13 Über Nacht oder länger gut trocknen lassen. Dann mit einer Holzfeile behutsam den Griff glatt feilen.

14 Den Stab mit einem scharfen Teppich- oder Schnitzmesser sich zur Spitze hin verjüngend abhobeln, bis er die gewünschte Stärke hat. Nicht zu dünn hobeln, damit er nicht bricht.

15 So lange an der Form feilen, bis sie dir gefällt.

16 Den Stab schwarz lackieren, trocknen lassen. Damit er nicht an der Unterlage festklebt, auf Hölzchen oder Stifte legen. Mit 3-D-Schnee das Füllhorn mit Punkten und Linien verzieren, in einem schweren hohen Glas stehend trocknen lassen.

17 Mit feinem Schleifpapier vorsichtig ein bisschen glätten, damit der »Stuck« keine scharfen Kanten hat.

18 Das Füllhorn noch einmal schwarz lackieren, trocknen.

19 Den Griff in Türkis lackieren, trocknen.

20 In den Gold-Lack Goldglitter mischen und damit die erhabenen Punkte und Linien bemalen. Im Glas stehend trocknen. Mit Acryl-Klarlack überziehen, erneut trocknen lassen, fertig!

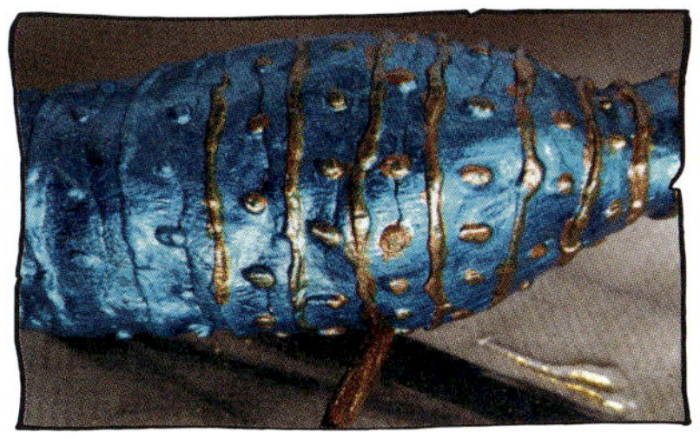

Zaubermittel

Die üblichen Kosmetiketiketten versprühen meist eine wahrhaft muggelige Atmosphäre im Bad, Spülmittel sieht in der Regel einfach nur praktisch aus und Gewürze fristen ihr Dasein in langweiligen Plastikbehältnissen. Finite Incantatem! Schluss damit! Mit hübsch gestalteten Flaschen zauberst du Hogwarts-Atmosphäre in dein Heim.

Die meisten Plastikprodukte haben eine Lebensdauer von mindestens 500 Jahren, da lohnt der Aufwand, Putzmittelflaschen zu »potterisieren«. Glasflaschen haben sowieso das ewige Leben und eignen sich sehr gut zum Aufbewahren von Gewürzen und Tees. Das »Glück in flüssiger Form« in hübschen Glasfläschchen und »Luna Lovegood's Lenkpflaumen-Kompott« sind immer nette Mitbringsel für aufgeschlossene Muggel.

Odorem Evanesco!

Neues Leben für leere Deoflaschen

Viele Deos werden in schönen Glasflaschen mit gutem Sprüher verkauft. Sind sie leer, werfen wir sie weg und kaufen das nächste Deo. Brauchen wir eine leere Sprühflasche, kaufen wir diese neu – meist fast teurer als eine Flasche mit Inhalt. Eigentlich ziemlich idiotisch, oder?

Es gibt viele Alltagszaubermittel, die Gerüche wegzaubern, Blattläuse verjagen oder Schimmel abtöten. Das Internet ist voll mit guten Tipps und sicherlich hast du auch selbst den einen oder anderen Rat einer befreundeten Hexe einmal aufgeschnappt. Selbst gebraute Zaubermittel funktionieren meist besser als fertige Produkte, aber auch Markenprodukte kannst du in deine hübschen Flaschen umfüllen. Es muss ja keiner wissen, welches Deo du benutzt. Was zum Sprühen ungeeignet ist, verschließe mit einem kleinen Korken. Diesen kannst du dir aus einem Weinkorken schnitzen.

Vier bewährte Zaubermittel habe ich für dich ausgesucht – gegen schlechte Gerüche, Blattläuse, Schimmel und zum sanften Nagellackentfernen. Damit die Kappen auch schön alt aussehen, habe ich mit 3-D-Glitter-Liner und 3-D-Schnee Punkte, Kringel und Linien aufgetragen. Die kannst du nach Lust und Laune farbig oder golden bemalen.

S
piri
tus
RATZE
PUTZ
Un
guis
TER
GEO
Odo
rem
malem
EVAN
ESCO
Ap
hi
doidea
EVAN
ESCO

Aphidoidea Evanesco

Die Blattläuse oder Aphidoidea gehören zu den Pflanzenläusen. Ihre manchmal ekligen glibberigen Ausscheidungen verkleben nicht nur die Pflanze, sondern auch die Umgebung. Evanesco! Verschwindet!

Ein einfaches, aber sehr wirkungsvolles Zaubermittel, um Blattläusen den Garaus zu machen, ist Spülmittel. Es nimmt ihnen die Atemluft und hinterlässt gleichzeitig einen Schmierfilm, auf dem die Blattläuse keinen Halt mehr finden.

Zutaten: Wasser, ein paar Tropfen Spülmittel, ein Spritzer reiner Alkohol oder Spiritus

Mit dieser Mischung die befallene Pflanze von allen Seiten besprühen, vor allem auch die Blattunterseiten. Sollten am nächsten Tag noch lebende Blattläuse auf der Pflanze sein, Vorgang wiederholen.

PROCLAMATIO

Die Kopiervorlagen findest du im Anhang.

Unguis Tergeo

Als Nagel (lateinisch *unguis*) wird bei Muggeln eine gewölbte, durchscheinende Keratinplatte auf der Oberseite der Finger- oder Zehenspitze bezeichnet. Sie dient dem Schutz der Fingerkuppen und unterstützt die Greiffunktion. Hexen und auch Muggelfrauen malen sich die Nägel gerne mit buntem Lack an, den man hin und wieder sanft entfernen sollte. Tergeo!

Zutaten: Aceton und Rizinusöl

Aceton (Acetonium) ist Bestandteil vieler Nagellackentferner. Es wirkt schnell, macht die Nägel aber auf Dauer trocken und spröde. Die fehlende Feuchtigkeit bekommen deine Nägel durch das Rizinusöl zurück. Auf 50 ml Aceton (Acetonium) gibst du fünf gestrichene Teelöffel Rizinusöl (Oleum Ricini raffinatum). Beides gut miteinander verrühren, abfüllen und gut mit einem Korken verschließen. Nach der Reinigung deiner Nägel mit »Unguis Tergeo« solltest du das Rizinusöl eine Nacht einwirken lassen, bevor du neuen Lack aufträgst. Das pflegt die Nägel und der neue Lack hält besser, wenn das Öl komplett eingezogen ist.

Odorem malem Evanesco

Schlechter Geruch (lateinisch *odor malus*), der sich trotz Waschens hartnäckig in der Kleidung hält, ist ein Ärgernis. Vor allem Schweiß fühlt sich wohl in Textilien und lässt sich nur schwer vertreiben. Grund sind Bakterien, die über eine normale 30- oder 40-Grad-Wäsche nur kichern. Ihnen musst du mit anderen Mitteln zu Leibe rücken. Odorem malem Evanesco!

Zutaten: Essig und Wasser im Verhältnis 1 : 4

Ein erprobtes Zaubermittel gegen Schweißgeruch in Kleidung ist Essig. Er ist in der Lage, die stinkenden Bakterien zu neutralisieren, und stellt keine Gefahr für die Umwelt dar. Mische den Essig mit dem Wasser im Verhältnis 1 : 4 und fülle ihn in deine Sprühflasche. Die Wäsche vor dem Waschen mit dem Gemisch gut einsprühen und zwölf Stunden einwirken lassen. Damit die eingesprühten Stellen feucht bleiben, die Wäsche so zusammenknüllen, dass die feuchten Stellen im Inneren des Knäuels sind.

Spiritus Ratzeputz

Spiritus ist ein wunderbares Zaubermittel: Man kann damit Fenster putzen, Feuer machen oder Schimmel entfernen. Aber Vorsicht! Er ist explosiv und leicht brennbar, du darfst ihn niemals in der Nähe von offenem Feuer benutzen!

Zutaten: Spiritus und Wasser im Verhältnis 3 : 1

Den Spiritus mit dem Wasser mischen und abfüllen. Die betroffenen Stellen einsprühen, einwirken lassen und mit Wasser abspülen.

Mit Spiritus kannst du Schimmel super entfernen – ohne Chlor. Spiritus ist d a s Zaubermittel gegen Schimmel und hat keine Auswirkungen auf deine Gesundheit. Spiritus säubert die betroffenen Stellen vom Schimmel und desinfiziert die Schimmelstellen gleichzeitig. Außerdem trocknet Spiritus die Schimmelstellen nachhaltig aus.

Die Muggel bieten teure Schimmelentferner an, von denen ihr eigenes Muggelministerium abrät! Vertraue auf die Zauberkraft des Spiritus, das hat sich bewährt und ist nebenbei viel billiger.

Das brauchst du:

4 leere Deoflaschen,
Porzellan-Potch (Kreul),
Wundbenzin oder Nagellackentferner (nicht für Kinder!),
3-D-Schnee und 3-D-Glitter-Liner in
beliebiger Farbe (Viva Decor),
Metallic-Lack Gold (Viva Decor, Maya Gold) 45 ml,
Metallic-Lack Bordeaux (Viva Decor, Maya Gold) 45 ml,
Laserkopien der Vorlagen

1 Die leeren Deoflaschen mit warmem Wasser ausspülen. Den Sprühkopf reinigen, indem du ihn mit dem Ende in Wasser hältst und ihn mehrfach betätigst. Entferne alle Etiketten. Kleberreste kannst du mit Nagellackentferner oder Wundbenzin ablösen.

2 Kopiere die Vorlagen, die du verwenden möchtest, mit einem Laserkopierer und schneide sie aus. Gerade Kanten am besten mit Cutter und Schneidelineal, runde Ecken mit der Schere.

3 Flaschen gut abtrocknen und die Klebefläche mit Porzellan-Potch bestreichen.

4 Das Etikett auf der Flasche platzieren – zügig und in der richtigen Position –, der Kleber zieht sofort an! Das Etikett großzügig und vollständig mit Kleber einstreichen. Trocknen lassen. Pinsel sofort auswaschen.

5 Ein Backblech mit Alufolie belegen und die Flaschen daraufstellen. In den kalten Ofen stellen, nicht vorheizen. Bei 130 °C 90 Minuten einbrennen. Ganz langsam abkühlen lassen, Ofentüre geschlossen lassen, bis der Herd abgekühlt ist, damit das Glas nicht zerspringt. Flaschen erst herausnehmen, wenn er kalt ist.

6 Jetzt sind die Etiketten abwaschbar und laut Herstellerangabe spülmaschinenfest. Spülmaschine jedoch besser vermeiden, dann hast du länger Freude an den Flaschen! Im nächsten Schritt werden nun die Kappen verziert, damit die Flaschen edel aussehen.

7 Damit die Kappen kostbar aussehen, brauchen sie Struktur. Dafür mit dem 3-D-Glitter-Liner Kreise und Punkte auftragen.

8 Wenn die ganze Kappe dekoriert ist, diese vorsichtig auf einer geraden Unterlage abstellen, dabei nicht in den Liner fassen. Trocknen lassen.

9 Mit dem 3-D-Schnee kannst du wunderbar Muster zeichnen und diese nach dem Trocknen auch noch bearbeiten.

10 Die Kappen 1 und 2 mit goldenem Lack mit einem weichen Pinsel außen bemalen. Das geht am einfachsten, indem du zwei Finger hineinsteckst, sodass du nicht in den feuchten Lack fasst. Der erste Anstrich wird auf dem glatten Plastik noch nicht deckend sein – trotzdem den Lack nicht zu dick auftragen.

11 Die komplett bemalte Kappe vorsichtig mithilfe eines Pinselstiels oder Stifts von den Fingern abziehen und zum Trocknen in ein schmalhalsiges Gefäß stellen. Gut trocknen lassen und noch ein- bis zweimal überstreichen.

12 Nun hast du bereits zwei Kappen fast fertig. Verfahre mit den Kappen 3 und 4 genauso – mit Liner oder Schnee. Ich habe die beiden anderen mit dem 3-D-Liner bemalt. Die Farbe des Liners ist egal – du malst sowieso drüber!

13 Die Kappen 3 und 4 in Bordeaux bemalen. Trocknen lassen und ein- bis zweimal wiederholen.

14 Die Punkte oder Kringel auf den Kappen mit der jeweils anderen Farbe bemalen. Dafür einen feinen Pinsel nehmen.

15 Alles gut trocknen lassen. Flaschen mit den Alltags-Zaubermitteln befüllen, Sprüher wieder einsetzen oder mit Korken verschließen. Die Zaubermittel sind auch ein schönes Geschenk, das edel aussieht und wenig kostet.

Magische Zutaten I

Lateinische Namen für den Küchenzauber

Sicher werden in Hogwarts alle Kräuter und Gewürze in altehrwürdigen Behältnissen aufbewahrt, die die magische Kraft der Kräuter unterstützen. Vielleicht in Buchenfässern, die am Kräuterboden gelagert werden? Das wäre optimal, wenn man die Kräuter lange aufbewahren möchte – aber wer hat schon einen Kräuterboden und wer braucht wirklich fässerweise Kräuter? Für den normalen Muggelhaushalt genügen Behältnisse in handlichen Größen, auch für normale Zauberer und Hexen.
Glas ist dafür sehr gut geeignet, denn Glas ist ein reines Material und hat keinerlei Ausdünstungen. Dunkel sollte es sein, damit die Kräuter vor Licht geschützt sind und mit einem Handgriff zu öffnen, damit man beim Kochen nicht umständlich rumhantieren muss. Außerdem sollten die Namen natürlich in Lateinisch draufstehen – wie es sich in der Welt der Zauberer und Hexen eingebürgert hat. Ärzte, Apotheker und Heilpraktiker haben sich diese Affinität zur lateinischen Sprache ebenfalls bewahrt. Es wirkt einfach besser, wenn es »Laurus nobilis« heißt und nicht einfach »Lorbeer«. Natürlich schmeckt es auch besser – deswegen lateinisiere deine Küche!

Alte Apothekergläser mit schönen lateinischen Namen geben deiner Küche magisches Flair. Es gibt sie auch neu zu kaufen, falls du keine alten Gläser findest. So wird Kochen zum Zaubern und du kreierst aus einfachen Zutaten und passenden Zauberkräutern ein magisches Gericht oder einen köstlichen Tee!

Salis
Pipe
Rosma
Salvi

Das brauchst du:

Apothekergläser in Braun in verschiedenen Größen, matte Porzellanmalfarbe »White Cotton« und »Volcanic Gray« (Kreul) 20 ml, Porzellanmalstifte: Universal 1–2 mm gold metallic, Universal 0,8 mm schwarz, Calligraphy schwarz und weiß (Marabu Porcelain & Glas), Abklebeband

1 Die Apothekergläser gründlich abwaschen und abtrocknen. Die Farbe hält besser, wenn das Glas sauber ist. Die Größe der Gläser richtet sich nach dem, was du hineintun möchtest. Kräuter wir Oregano oder Salbei kommen eher in größere Gläser, weil sie viel Volumen haben, Paprika oder Kurkuma in kleinere.

2 Wenn die Deckel oder Gläser kleine Macken haben, mit einer Nagelfeile glatt schleifen.

3 Mit einem Abklebeband die Gläser oben und unten abkleben, sodass ein breiter Streifen zum Bemalen in der Mitte frei bleibt. Die Höhe richtet sich nach der Größe des Glases, sollte aber so groß sein, dass Platz genug für die Schrift ist. Größere Gläser werden im Verhältnis eher viel unbemalt sein, kleinere werden mehr bemalte als freie Fläche haben.

4 Die Fläche zwischen den Klebestreifen mit der matten Porzellanfarbe »White Cotton« und einem weichen Pinsel bemalen. Die Gläser für Salz und Pfeffer in »Volcanic Gray« bemalen, damit sie sich auf einen Blick von den anderen unterscheiden lassen. Trocknen lassen und gegebenenfalls über manche Stellen noch mal leicht drüberpinseln. Die Farbe wird nach dem Brennen gleichmäßiger und dichter, als sie zunächst aussieht.

5 Das Klebeband vorsichtig abziehen, wenn alles trocken ist.

6 Unsaubere Stellen oder Klebebandreste mit einem stumpfen Messer oder den Fingernägeln entfernen. Grundsätzlich lässt sich die Farbe komplett wieder abwaschen, solange sie nicht gebrannt ist. Keine Angst also, man kann zur Not alles immer wieder wegwaschen, bis es gelungen ist!

7 Die weißen Flächen oben und unten mit dem schwarzen 0,8-mm-Porzellanmalstift Universal verzieren – z. B. mit Kreisen, Ellipsen, Punkten, Blättern, Strichen, Spiralen …

8 Ein Tropfen – oh Schreck! Nicht so schlimm: Eine kleine Ecke von einem Papiertaschentuch vorsichtig in den Tropfen halten, sodass es sich vollsaugt. Wiederholen, bis der Tropfen nicht mehr Gefahr läuft, überzulaufen. Später großzügig Gold hineinpinseln, dann fällt er nicht mehr auf.

9 Mit dem schwarzen Porzellanmalstift Calligraphy die lateinischen Namen auf die Gläser schreiben. Soll es Schreibschrift oder sollen es Druckbuchstaben sein? Auf der weißen Fläche gibt es keine Möglichkeit vorzuskizzieren oder zu korrigieren. Daher die Schrift vorher auf Papier üben und die Laufweite vorher ungefähr einschätzen. Es macht jedoch nichts, wenn ein Wort am Ende ein bisschen gestaucht wird, das sieht authentisch aus.

10 Auf diese Weise alle Gläser bemalen, Salz und Pfeffer dementsprechend mit weißer Schrift. Die weiße Schrift mit dem Pinsel und weißer flüssiger Farbe punktuell nachbessern, falls sie mit dem Calligraphy-Stift nicht deckend genug geworden ist. Trocknen lassen.

11 Alle Zierleisten mit Gold verzieren. Dafür entweder aus dem Stift ein wenig Farbe auf die Unterlage geben und mit dem Pinsel aufnehmen oder direkt mit dem Stift malen. Die goldenen Stifte von Marabu haben einen sehr schönen Goldton, der auch schimmert – das ist nicht bei allen Produkten der Fall. Vier Stunden trocknen lassen.

12 Die Gläser auf ein mit Alufolie ausgelegtes Backblech stellen und in den kalten Ofen schieben. Die Alufolie dient dazu, dass es keine großen Temperatursprünge zwischen Glas und Blech gibt, die dazu führen könnten, dass das Glas springt. Auf 160 ° C stellen und ab Erreichen der Temperatur die Farbe 90 Minuten einbrennen. Im Ofen auskühlen lassen und erst öffnen, wenn der Ofen kalt ist. Trotz Herstellerangaben bzgl. Spülmaschine alte Gläser niemals in die Spülmaschine geben, weil sie dort trüb werden.

Lateinische Beispiele:

Aspalathus linearis *(Rotbusch)*, **Carum carvi** *(Kümmel)*, **Capsicum** *(Paprika)*, **Cinnamomum** *(Zimt)*, **Curcuma longa** *(Kurkuma)*, **Laurus nobilis** *(Lorbeer)*, **Matricaria chamomilla** *(Kamille)*, **Mentha piperita** *(Pfefferminze)*, **Nux muscata** *(Muskat)*, **Origanum majorana** *(Majoran)*, **Origanum vulgare** *(Oregano)*, **Piper nigrum** *(Pfeffer)*, **Rosmarinus officinalis** *(Rosmarin)*, **Salis** *(Salz)*, **Salvia** *(Salbei)*, **Thymus vulgaris** *(Thymian)*.

Magische Pflaumen

Luna Lovegood's Lenkpflaumen-Kompott

Mit der gleichen Technik wie auf den vorhergehenden Seiten kannst du jede Art von Marmeladen- oder Kompottglas bemalen. Das brachte mich auf die Idee, Luna Lovegood als Lenkpflaumen-Kompott-Produzentin zu erfinden. Sie ist nun erwachsen, hat einen Garten und Kinder – und baut Lenkpflaumen an. Daraus macht sie, natürlich nach Geheimrezept, ein magisches Kompott. Wer davon isst, dessen Geist wird beflügelt und dessen Blick schaut in Welten, die für uns normalerweise verborgen sind. Ergänzt wird ihr Sortiment durch jedwelche Art von Kompott, Chutney oder Marmelade aus verschiedenen Früchten und Gemüsesorten. Du kannst die Gläser bemalen und die Farbe einbrennen, dann sind sie spülmaschinengeeignet und du kannst sie immer wieder neu befüllen. Für ein schnelles Mitbringsel einfach die Vorlagen im Anhang kopieren und sie auf Etiketten ausdrucken und aufkleben.

PROCLAMATIO

Die Kopiervorlagen findest du im Anhang.

Ob Lenkpflaume, Apfel, Quitte oder Radieschen: Luna Lovegood ist eine erfolgreiche Biobäuerin geworden, die im Herzen von Schottland Chutneys, Marmeladen und Kompott produziert. Zu ihren Kunden gehören das Englische Königshaus und Prinz Charles, dessen Enkel ausschließlich Apfelkompott von Luna essen.

Magische Zutaten II

Zauberkräuter für das Wohlbefinden

Von Aalaugen über Drachenleber und Löwenfischgräten bis hin zu Zweihorn-Horn – die Zutaten zu den Zaubertränken sind oft schwer zu bekommen. Die pflanzlichen Zutaten sind meist einfacher zu kriegen. Sie wachsen oft direkt vor unserer Haustüre, schon immer bereit, ihre magische Wirkung für uns zu entfalten. Nicht nur für Hexen und Zauberer, sondern auch für Muggel lohnt es sich also, sich mit ihren Zauberkräften zu befassen. Nicht immer wird dir ein Zaubertrank sofort gelingen oder die Wirkung lässt erst mal auf sich warten. Lass dich nicht entmutigen! Mit ein bisschen Geduld wirst du bald schlafwandlerisch die richtigen Zutaten für einen Zaubertrank aussuchen. Gänseblümchen für den Schrumpftrank, Liebstöckel, um die Person deines Herzens für dich zu gewinnen, oder Löwenzahn, damit dir jeder Wunsch erfüllt wird.

Ich habe zehn gängige Zauberkräuter ausgesucht, natürlich gibt es noch viel mehr. Viel Nützliches erfährst du auch bei Kräuterwanderungen mit einer Kräuterhexe. So eine Wanderung solltest du am besten dort machen, wo du wohnst, damit du jederzeit Nachschub pflücken kannst. Denn Kräuter selbst zu trocknen erfreut das Hexenherz. Die Kräuter aus der Apotheke oder dem Bioladen tun es aber genauso. Die Vorlagen für die Etiketten findest du im Anhang, wenn du noch mehr brauchst, musst du selbst welche zaubern!

LAVEND
LIEBST
ALCHEMILLA VUL
FRAUENMAN
BELLIS PER
GÄNSEBLÜ
LÖWENZ
Stärkt die weiblichen Organe und erh
Liebeszauberkraut, ruft wahnwitzige
dient zur Behandlung von Geschwül
eingedrungene Gegenstände
Mittel, um das Wachstum zu beschl
Gänseblümchenwurzeln sind Zut
trank. Helfen bei hohem Blutdr
Leber- und Nierenleiden,
Lindern Hautpro
gen- und Darmbeschwerden,
Übelkeit und Brechreiz,
llen- und Leberbeschwerden,
merzen, Nervosität, Nerven
und Nervenschmerzen.

Alchemilla vulgaris
Frauenmantel

Stärkt die weiblichen Organe und erhält die Potenz. Liebeszauberkraut, ruft wahnwitzige Träume hervor, dient zur Behandlung von Geschwülsten und zieht eingedrungene Gegenstände heraus.

Bellis perennis
Gänseblümchen

Mittel, um das Wachstum zu beeinflussen. Zerkleinerte Gänseblümchenwurzeln sind Zutat für den Schrumpftrank, helfen bei hohem Blutdruck, Verstopfung, Leber- und Nierenleiden, Gicht, Rheuma und Hautproblemen.

Coriandrum sativum
Koriander

Zauberkraut gegen Infektionen oder chronische Entzündungskrankheiten. Wundermittel gegen hartnäckige Krankheitserreger. Gut gegen Appetitlosigkeit, Verdauungsbeschwerden, Magenkrämpfe, Blähungen, Völlegefühl, Gelenkschmerzen und Rheuma.

Levisticum officinale
Liebstöckel

Wird auch Maggikraut genannt. Gilt als Liebeskraut, wirkt berauschend und verwirrend. Verdauungsfördernd. Als Räucherung gut gegen Heiserkeit.

Lavandula officinalis
Lavendel

Gilt als Nervenkraut. Wirkt beruhigend, krampflösend, blähungs- und harntreibend. Hilft bei Asthma, Erschöpfung, Herzbeschwerden, Husten, Migräne, Nervosität, Nervenschwäche und bei Schlaflosigkeit. Als Badezusatz gegen Gicht, Ischias, Rheuma, Nervenschmerzen.

Mentha piperita
Pfefferminze

Hilft bei Magen- und Darmbeschwerden, Blähungen, Durchfall, Übelkeit und Brechreiz, krampfartigen Schmerzen, Gallen- und Leberbeschwerden, Appetitlosigkeit, Zahnschmerzen, Nervosität, Nervenentzündungen und Nervenschmerzen.

Syringa vulgaris
Flieder

Zauber, Heil- und Liebespflanze. Der Duft seiner Blüten verbreitet Harmonie, beim Räuchern dient er Schutz und Reinigung. Fliederöl zum Einreiben hilft bei Ischias: 300 Gramm Blüten und Blätter gemischt vier Wochen in 1 Liter Olivenöl an der Sonne stehen lassen, filtrieren.

Urtica dioica

Brennnessel

Zaubermittel gegen Furunkel. Wirkt blutreinigend bei Hautkrankheiten, entgiftend und stoffwechselanregend. Stimuliert die Verdauungsdrüsen, senkt den Blutzuckerspiegel. Kraut, Blätter und Samen enthalten viel Vitamin C.

Taraxacum officinale

Löwenzahn

Wunderkraut. Wer sich damit einreibt, dem wird jeder Wunsch erfüllt. Verdauungsfördernd, gut für Leber und Galle. Hilft bei Rheuma, löst Nierensteine auf. Lässt Pickel und chronische Hautleiden verschwinden.

Zingiber officinale

Ingwerwurzel

In Streifen geschnittene Ingwerwurzel ist Zutat des Gripsschärfungstrankes. Wirkt geistig stimulierend und macht wach. Wirkt gegen Übelkeit, Erbrechen, Seekrankheit und Rheuma.

1 Die Vorlagen seitenverkehrt kopieren. Knappkantig mit Schere oder Cutter ausschneiden.

2 Mit Porzellan-Potch auf die Gläser aufbringen. (Anleitung siehe Seite 43).

3 Mit getrockneten Kräutern befüllen und damit zaubern!

***

Felix Felicis!

Glück in flüssiger Form

Das brauchst du:

Mehrere hübsche Glasfläschchen mit Korken, matte Porzellanmalfarbe »White Cotton« (Kreul) 20 ml, Porzellanmalstifte in Schwarz und Gold, Geschenkanhänger, Kordel

1 Male auf kleine Flaschen mit weißer Porzellanmalfarbe weiße »Etiketten«. Die Farbe wird beim Brennen gleichmäßger und regelmäßiger, als sie zunächst wirkt. Umrande die Etiketten mit einem Porzellanmalstift schwarz, schreibe »Glück in flüssiger Form« und »Felix Felicis« darauf. Verziere das Ganze mit einem goldenen Porzellanmalstift.

2 Flaschen in den kalten Backofen geben, 160 ° C wählen und ab Erreichen der Temperatur 90 Minuten die Farbe einbrennen. Flaschen im Ofen langsam auskühlen lassen. Hübsche Etiketten schreiben, Flaschen befüllen, verschließen, Etiketten dran binden – fertig!

Es lohnt sich, gleich mehrere Flaschen anzufertigen – dann kannst du das Glück auch verschenken!

Was ist Glück? Passt es in kleine Flaschen? Was sind die Zutaten? Minzzweige, Schrumpelfeige, Stachelschwein-Pastillen und Wermut? Oder lieber Himbeer- und Holundersirup, Goldglitter oder ein Liebestrank? Kommt drauf an, zu welchem Glück es verhelfen soll!

Magie der Worte

Schreibst du noch Briefe? Freust du dich über schöne Stifte, einen neuen Füller oder eine Schreibfeder? Würdest du gerne in Hogwarts an einem großen Holztisch sitzen und mit Adlerfedern schreiben? In aller Ruhe, Buchstabe für Buchstabe, Wort für Wort. Liebst du Zitate und hast sie gerne um dich? Dann ist das nächste Projekt die richtige Anregung für dich: goldene Worte.

Manchmal können Worte auch vorlaut sein, Bücher sich uns entziehen oder uns angreifen, so wie das Monsterbuch. Dann muss man sich mit ihnen beschäftigen und den richtigen Weg zu ihnen finden. Ein guter Weg, um unbeliebte Schulbücher zu Lieblingsbüchern zu machen, ist, sie als Monsterbuch zu verpacken. Dann wird Latein zum Freund, was sehr nützlich ist in der Welt von Harry Potter!

**

Magische Quelle

Glänzende Lieblingszitate

Worte sind ein perfektes Zaubermittel. Sie können Bilder malen, Wirklichkeiten erfinden, Unwahrheiten verbreiten und dein Gegenüber bezaubern. Worte haben das Harry-Potter-Universum beschrieben und sind – meiner nicht zu bescheidenen Meinung nach – Magie pur. Stell dir vor, wir hätten keine Worte – wie schwierig wäre es, sich zu verständigen? Umso schlimmer, dass Personen wie Dudley vermutlich nicht über den Wortschatz einer App für Dreijährige hinauskommen. Oft sagt ein Bild mehr als tausend Worte – wie viel erst sagen dann gemalte Worte?

Schnapp dir deine Harry-Potter-Bücher, mache es dir damit gemütlich und suche dir ein Zitat, das du gerne in goldenen Lettern malen möchtest. Ich habe eines meiner Lieblingszitate auf drei gleich große Leinwände gepinselt. Die Anzahl und Größe der Leinwände ist beliebig und hängt von zwei Faktoren ab: vom Zitat, das du malen möchtest, und vom Platz, an dem die Bilder hängen sollen.

Ein mattes Schwarz ist als Untergrundfarbe immer gut, es gibt der Metallic-Farbe deiner Wahl die richtige Bühne. Verwende auf jeden Fall Metallic-Farben, die gut glänzen – es ist nicht alles Gold, was als Gold bezeichnet wird. Manches »Gold« ist eher ein glänzendes Beige.

MAGIE
HP7/2
DUMBLEDORE

Das brauchst du:

3 Leinwände 20 x 20 cm,
Strukturpaste oder Marmormehl mit weißer Dispersionsfarbe gemischt,
1 Tube Chalky-Chic Kreidefarbe Schwarz (Marabu),
Kreidemarker Weiß,
Metallic Acryllack Türkis und Gold (Viva Decor, Maya-Gold) je 45 ml,
Acrylmarker Gold

1 Grundiere die drei Leinwände mit einer fertigen Strukturpaste oder mit einer Mischung aus Marmormehl und weißer Dispersionsfarbe. Bearbeite auch die Ränder mit. Gib der Oberfläche eine leicht unregelmäßige, raue Struktur, damit die Bilder massiv wirken. Trocknen lassen.

2 Streiche die Leinwände mit einem breiten Lackpinsel mit der Kreidefarbe schwarz an. Auch die Ränder, denn die Bilder bekommen keine Rahmen.

3 Lege die Leinwände zum Trocknen auf Hölzchen, damit sie nicht an der Unterlage festkleben.

4 Gestalte das Zitat deiner Wahl am Computer in einer passenden Schrift, drucke den Entwurf aus, schneide ihn zu und lege ihn zum Test auf die Leinwände. Passt alles?

5 Nun musst du die Schrift auf die Leinwand übertragen. Weißes Durchschlagpapier gibt es nicht, aber du kannst es dir selbst herstellen. Dafür malst du die Rückseiten der Ausdrucke – dort, wo die Schrift steht – mit einem Kreidemarker in Weiß an. Trocknen lassen.

6 Die Ausdrucke umdrehen, auf die Leinwände auflegen und mit einem Kugelschreiber die Schrift durchdrücken.

7 Nun hast du eine weiße Vorzeichnung der Schrift. Sie liegt nur lose auf und lässt sich leicht wieder abwischen.

8 Innerhalb der Konturen mit Acrylfarbe (ich habe hier eine günstige goldene genommen) die Schrift mit einem dünnen Pinsel nachmalen. Lieber zu dünn als zu dick malen – wenn die Schrift gefüllt ist, wird sie massiver wirken als die Konturen. Trocknen lassen.

9 Die Kreidevorzeichnung mit einem feuchten Lappen oder Schwamm wegwischen. Sowohl die schwarze Kreidefarbe als auch die Acrylfarbe sind nach dem Trocknen wasserfest, nur die Kreide wird sich lösen.

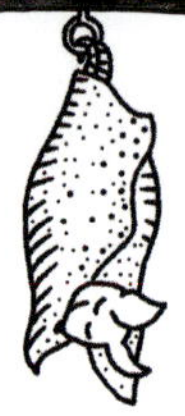

10 Mit einem feinen Pinsel die Schrift sauber nachmalen. Dafür guten Metallic-Lack nehmen, der richtig golden schillert. Unsaubere Stellen kannst du mit Schwarz oder Gold korrigieren.

11 Nun mit dem Metallic-Lack in Türkis und einem feinen Pinsel um die goldene Schrift drum herum malen. Kleine Ungenauigkeiten kannst du mit der jeweils anderen Farbe korrigieren, indem du darübermalst und Kanten und Rundungen glättest. Man darf jedoch sehen, dass es ein gemaltes Unikat ist, sei also nicht zu pingelig, es kommt auf die Gesamtwirkung an!

12 Die restliche Fläche mit einem breiteren Pinsel türkis ausmalen, dabei circa 10 mm Abstand zum Rand lassen.

13 Mit einem Acrylmarker in Gold oder dem feinen Pinsel an der Seite noch hinschreiben, von wem das Zitat ist und aus welchem Harry-Potter-Band es stammt – fertig!

14 Die Bilder kannst du über- oder nebeneinander hängen. Ich habe meine einfach an meine Pinnwand gehängt – allerdings blieben sie da nicht lange, denn sie haben sich ihre Besitzer gesucht und waren ein willkommenes Hochzeitsgeschenk für Freunde, die wahre Harry-Potter-Fans sind und gerne debattieren. Bist du auch auf der Suche nach einem Hochzeitsgeschenk? Dieses Geschenk wird bestimmt nicht mit 20 Blumenvasen im Schrank verstauben, sondern einen Ehrenplatz an der Wand bekommen.

Das Monsterbuch der Monster

Bücher und Schulhefte mit Biss

Das Monsterbuch ist für Unwissende nicht leicht zu handhaben: Es beißt, rennt weg, versteckt sich und kämpft mit seinen Artgenossen. Dabei ist es eigentlich ganz einfach: Man muss es sanft am Buchrücken streicheln, und sofort ist es brav. Es ist daher ein ideales Buchmodell, um Geheimnisse zu bewahren. Solche wie die, die du deinem Tagebuch anvertraut hast. Wer möchte schon gerne von einem Buch gebissen werden? Aber auch um ungeliebten Fächern in der Schule den Schrecken zu nehmen, ist ein Monsterbuchumschlag bestens geeignet. Wenn du das Mathe-Monster zubinden kannst, kann es dir auch nichts mehr tun.

Du kannst für jedes Heft oder Buch ganz leicht einen Monsterbuchumschlag herstellen: Jeweils zwei Zahnreihen aus weißem, stabilem Papier, Moosgummi oder Bastelfilz schneiden. Entweder einen fertigen Hefteinband nehmen, am besten in Giftgrün oder Schwarz. Oder aus farbigem Tonpapier einen Umschlag bauen, die Ecken schräg abkleben, damit das Buch oder Heft nicht hinausrutschen kann, und sie stabiler sind. Die Zahnreihen innen einkleben. Dann ein oder zwei große Monsteraugen malen, mit weißem Rand ausschneiden und auf den Einband kleben. Ein schwarzes Klebeschild mit der Beschriftung draufkleben, eine schwarz-weiße Kordel mehrfach drum herumschlingen, fertig!

Mathe
Privat
Latein

Verteidigung gegen die dunklen Kräfte des Haushalts

Putzen, waschen, kochen, aufräumen – der tägliche Kampf gegen die dunklen Kräfte des Haushalts endet nie. Leider haben die meisten von uns keine Hauselfen, die das in aller Stille erledigen, sondern müssen selbst Hand anlegen. Umso mehr sollten die Dinge, mit denen wir dem Schmutz zu Leibe rücken, hübsch sein – denn dann macht sogar Putzen Spaß. Erwiesenermaßen ist Hausarbeit eine der gesündesten »Sportarten«. Mit der richtigen Ausrüstung gelingt sie – wie der Sport auch – einfach besser. Wenn du Putzen, Abtrocknen oder Kochen als meditative Tätigkeit betrachtest, bei der du ungestört deinen Gedanken nachhängen kannst, und am Ende eine saubere Wohnung oder ein leckeres Essen dabei herausspringt, dann wirst du keine Hauselfen mehr vermissen.

Selbst sind die Hexe und der Zauberer!

***

Mrs Skower's

Allzweck-Magische-Sauerei-Entferner

Sie wird nicht oft in den Harry-Potter-Büchern erwähnt, aber sie ist eine Institution. »Mrs Skower's Magische-Sauerei-Entferner« wird auf der Quidditch-Weltmeisterschaft beworben mit dem Slogan »Kein Fleck, kein Schreck!«. Sie scheint also eine wichtige Marke in der Welt der Zauberer zu sein, denn wer auf der WM wirbt, der gehört zu den Großen. Deswegen habe ich ihr einen würdigen Auftritt verpasst und Etiketten kreiert, die nun allerlei Reinigungsmittel verzieren.

Auf der Rückseite findest du eine erfundene Biografie von Mrs Skower. Ihr Vorname wird nie erwähnt, und so habe ich ihr den Vornamen meiner Mutter gegeben und ein Kinderbild meiner Mutter verwendet. Du kannst die Etiketten einfach kopieren und verwenden, du kannst aber auch ein Foto von jemand anderem hineinkopieren. Meine Mutter hätte sich sehr über ihre Rolle als Mrs Skower gefreut – sie war wirklich sehr auf Sauberkeit bedacht und vielleicht hatte sie auch magische Fähigkeiten.

Die Etiketten passen auf die Flaschen der Marke Frosch. Welches Produkt du dann einfüllst, ist beliebig – nur sollte es natürlich zur Aufschrift passen. Ab jetzt kannst du die günstigen Großpackungen kaufen, damit deine hübschen Flaschen immer wieder auffüllen und sie nie wieder unter der Spüle verstecken!

Das Original
ALLZWECK
MAGISCHE SAUEREI
ENTFERNER
ESSIGREINIGER
MIT GEHEIMEN ZUTATEN
Das Original
ALLZWECK
MAGISCHE SAUEREI
ENTFERNER
ZITRONENREINIGER
MIT GEHEIMEN ZUTATEN
Das Original
ALLZWECK
MAGISCHE SAUEREI
ENTFERNER
MIT GEHEIMEN ZUTATEN
Das Original
ALLZWECK
MAGISCHE SAUEREI
ENTFERNER
SPIRITUSREINIGER

Die Marke heißt »Mrs Skower's Allzweck-Magische-Sauerei-Entferner«. Der Firmen-Slogan lautet »Kein Fleck, kein Schreck!«. Innerhalb dieser Marke gibt es zahlreiche Reinigungsmittel, alle mit geheimen Zutaten, die durch verschiedene Farben gekennzeichnet werden. Die (spiegelverkehrten) Kopiervorlagen findest du am Ende des Buches.

Das Original

Mrs Skower's

Bereits im zarten Alter von acht Jahren entdeckte Nora Skower ihre Liebe zur Sauberkeit und gleichzeitig ihre magischen Fähigkeiten. Ihrem unermüdlichen Forscherdrang verdanken wir heute noch die weltweit besten magischen Putzmittel und so manchen magischen Tipp für den Haushalt. Die Geheimrezepte werden von Generation zu Generation in der Familie weitergegeben. Die Putzmittel sind in ihrer Wirkung unübertroffen und können auch von Muggeln benutzt werden.

Das brauchst du:

Mehrere Putzmittelflaschen leer oder gefüllt,
2 Tuben Acrylfarbe matt 100 ml Weiß,
1 Tube Acrylfarbe matt 100 ml Beige,
Metallic-Lack Gold (Viva Decor, Maya Gold) 45 ml,
Foto-Transfer-Potch transparent 150 ml,
Acryl-Glanzlack 50 ml,
spiegelverkehrte Laserkopien der Motive,
kleine Gummiwalze oder Rakel,
Wundbenzin (nicht für Kinder!)

Viele Flaschen sind durchsichtig und bekommen ihre Farbe erst durch das jeweilige Putzmittel. Deswegen habe ich sie alle weiß angestrichen – damit die Etiketten schön zu sehen sind. Beim Foto-Transfer bleibt nur die Farbe stehen – das heißt, alles, was weiß war, wird transparent. Das mag ja bei weißer Scheuermilch gut aussehen – solange die Flasche voll ist – aber nicht, wenn sie halb leer ist. Die Plastikflaschen fühlen sich durch die Lackschichten auch schöner an, der Aufwand lohnt sich!

Die Kappen habe ich mit Acryllack golden gestrichen, damit sie schön schimmern und kostbar aussehen. Alternativ kann man die Kappen lassen, wie sie sind. Oder: Manche Mineralwasser oder Limonaden haben bunte Kappen, die oftmals auch passen. Das wäre auch eine Alternative – jedoch nicht für Spülmittel, denn da brauchst du den typischen Verschluss.

1 Wenn du andere Flaschen als ich verwendest, musst du eventuell die Etikettengrößen ändern. Dafür die Etiketten vor Entfernen ausmessen oder einscannen, damit du die richtige Größe hast.

2 Alle Etiketten von den Flaschen entfernen. Manche lassen sich ganz leicht abziehen, manche musst du in warmem Wasser einweichen. Kleberreste, die einfach nicht weggehen, mit Wundbenzin entfernen. Dabei Lüften nicht vergessen! Verwende dafür einen fusselfreien Lappen oder ein Küchentuch.

3 Die beiden Tuben Acrylfarbe Weiß in einem verschließbaren Gefäß, z. B. einem Marmeladenglas, mit ca. einer halben Tube der Acrylfarbe Beige zu einem Cremeweiß vermischen. Knallweiß wäre zu kalt für das Design.

4 Sind die Flaschen voll, musst du – je nach Arbeitsschritt – immer daran denken, sie zu verschließen, damit sie nicht auslaufen. Merke dir, was in welcher Flasche enthalten ist – das sieht man nicht mehr, wenn sie lackiert sind. Für die erste Lackschicht alle Deckel abschrauben und die Flaschen einmal lackieren. Boden frei lassen.

5 Mit einem Lackpinsel lackiert es sich am besten, aber trotzdem nicht erschrecken: Die erste Schicht wird kaum decken. Trocknen lassen, den Vorgang zweimal wiederholen. Die dritte Schicht wird deckend sein.

6 Während die erste Lackschicht auf den Flaschen trocknet, die Deckel in Gold lackieren. Auch hier gilt: Die erste Schicht wird in keinster Weise deckend sein. Bei den Spülmitteldeckeln den oberen Teil hochziehen, Klappdeckel nur außen lackieren. Trocknen lassen, zweimal wiederholen.

7 Hier der Vergleich von normaler Acrylfarbe Gold und Metallic-Farbe: Sie schimmert tausendmal schöner und sieht edler aus.

8 Alle Flaschen wieder gut verschließen. (Wenn du volle Flaschen verwendest.)

9 Die Etiketten mit Schere oder Cutter aus den Laserkopien ausschneiden. Dabei einen Abstand von 2–3 mm zum schwarzen Rand lassen. Das Papier wird später nicht zu sehen sein. Beim Abrubbeln wird der Rand am meisten strapaziert – da ist es besser, diesen Sicherheitsabstand zu lassen. Die Form sollte aber trotzdem genau ausgeschnitten werden, damit das Etikett sich gut platzieren lässt.

10 Flasche hinlegen, Klebefläche gut mit dem Foto-Transfer-Potch einstreichen. Das Etikett auf der bedruckten Seite einstreichen und auf der Flasche mit der bestrichenen Seite nach unten platzieren und justieren.

11 Mit einer kleinen Gummiwalze von innen nach außen das Etikett gut andrücken, alle Blasen herausstreichen, dabei wird der überschüssige Kleber an den Kanten herausgedrückt.

12 Die Kleberreste vorsichtig und schnell mit einem feuchten Schwamm entfernen, damit keine unschönen Ränder entstehen. Flasche umdrehen und das Rückseitenetikett ebenso platzieren. Schnell und zügig arbeiten, damit die Unterseite der Flasche nicht auf der Unterlage festklebt! Flasche aufrecht hinstellen und gut trocknen lassen. In der Anleitung steht zehn Minuten – ich empfehle mindestens eine Stunde oder länger. Rubbelt man das Papier zu früh ab, besteht die Gefahr, dass sich das Motiv mit ablöst.

13 Die Flaschen in warmem Wasser mit ein bisschen Spülmittel einweichen, damit sich das Papier leichter löst.

14 Mit den Fingern vorsichtig das Papier wegrubbeln. Von den Rändern nach innen reiben, bis sich das Papier zu lösen beginnt. Erst denkt man, das wird sich nie lösen – aber habe Geduld! Wenn erst mal eine Ecke ab ist, geht der Rest schnell. Vorsichtig reiben, damit die Farbe nicht mitgeht! Mit den Fingern zu reiben ist besser als mit einem Schwamm, weil du spürst, wo noch Papierreste sind und wie viel Druck du ausüben musst.

15 Die Flaschen gut trocknen lassen, dafür die Deckel abnehmen. Wenn alles trocken ist, sieht es aus, als ob noch ein weißer Film darüber läge. Das verschwindet, wenn du im nächsten Schritt die Flaschen lackierst.

16 Die Flasche mit Acryl-Glanzlack und einem Lackpinsel lackieren. Den Boden frei lassen. Trocknen lassen und den Vorgang einmal wiederholen. Möglichst streifen- und tropfenfrei arbeiten.

17 Alle Flaschen zweimal lackieren, trocknen lassen und Verschlusskappen wieder aufsetzen. Fertig!

Mit dem »Allzweck-Magische-Sauerei-Entferner-Spülmittel« abzuwaschen macht viel mehr Spaß als mit normalem Spülmittel – denn hübsche Etiketten wirken magisch!

PROCLAMATIO

Die Kopiervorlagen findest du im Anhang.

Das zauberhafte Zauberer-Zuhause

Die Tafel ist mit goldrandigen Tellern gedeckt, die mit Eulen und Zitaten verziert sind. Der sprechende Hut ergießt seine Worte aus zwei Karaffen in goldschimmernde Gläser, die das Wappen von Hogwarts ziert. Das Mahl wurde mit Zauberkräutern aus wunderschönen Gläsern gewürzt und liebevoll angerichtet. Nach dem Essen spült dein Hauself das Geschirr sorgsam von Hand ab und trocknet es mit Geschirrtüchern ab, auf denen sich Eulen und Alraunen tummeln. Wohlig entspannt gehst du bald schlafen, liest noch ein wenig in deinen Harry-Potter-Büchern und betrachtest den Wandbehang mit der Karte des Rumtreibers, der über deinem Bett hängt. Sanft gleitest du hinüber in die Anderswelt und träumst von Einhörnern, Hippogreifen und Drachen, bis du am nächsten Morgen wieder erwachst und frisch gestärkt in einen neuen, zauberhaften Tag in deinem zauberhaften Zuhause startest.

Die Spur löst sich, wenn man 17 wird.

Tafeln wie in Hogwarts

Von goldenen Tellern speisen

Noch sind die Teller leer, aber bald werden köstliche Speisen darauf erscheinen und betörende Düfte dampfenden Schüsseln entsteigen. Kerzenlicht und Hogwarts-Kelche runden das Bild ab. Die Karaffen zieren die Worte des Sprechenden Huts, sie füllen die Kelche mit goldenem Saft. In den Eulentassen dampft magischer Tee, das Abendlicht perlt durch die Fenster.

Das willst du auch? Dann grabe in längst vergessenen Kisten im Keller nach Omas Tellern mit Goldrand, durchforste auch Flohmärkte nach Tassen und Tellern und kaufe in einem skandinavischen Möbelhaus Gläser, die wie Kelche geformt sind.

Eulen sind wichtig bei Harry Potter, sie flattern auch gerne in die Große Halle, wenn alle zusammensitzen. Deswegen habe ich sie als Motiv für Teller und Tassen gewählt. Das Wappen von Hogwarts habe ich stark vereinfacht, damit du es leicht mit einem Porzellanmalstift nachzeichnen kannst. Die Zitate auf den Karaffen und einem großen Platzteller beziehen sich auf die vier Häuser. »Die Spur löst sich, wenn man 17 wird« wäre wunderbar für einen 17. Geburtstag. Die Teller dürfen auch dekoriert sein und bunt gemischt. Nur eines müssen sie alle haben: Gold. Wenn du dann in deinem Stil alles bemalst, sieht es aus wie ein zusammengehörendes Service. Nun könnt ihr Tafeln wie in Hogwarts und der Sprechende Hut wird euch reinen Wein einschenken – zu welchem Haus gehört ihr?

Das brauchst du:

Verschiedene Teller in unterschiedlichen Größen
mit gemeinsamer Schmuckfarbe Gold,
Porzellanmalstift Universal 1–2 mm Gold Metallic,
Porzellanmalstift Universal 0,8 mm schwarz
(Marabu Porcelain & Glas,)
Filzstift dokumentenecht (Faber-Castell Broadpen 1554),
Skizzenpapier

1 Alle Teller abwaschen und abtrocknen – auf staubigen Tellern hält die Farbe schlechter. Teller umdrehen, Umrisse mit einem Stift auf Papier nachfahren, richtig herum draufstellen und den inneren Radius anzeichnen. Motive skizzieren, sodass sie auf die verschiedenen Tellergrößen passen.

2 Das Motiv mit dem dokumentenechten Filzstift auf den Teller locker vorzeichnen. Der Stift lässt sich auch nach dem Brennen wieder abwaschen, darf also mit in den Ofen.

3 Mit dem schwarzen Porzellanmarker die Zeichnung nachzeichnen. Nicht pingeln, sondern alles im Fluss zeichnen. Den kleinen Finger für eine ruhige Hand aufstützen, nicht in die nasse Farbe langen. Wenn die Zeichnung beim ersten Mal nicht gelingt, einfach wieder abwaschen und noch mal zeichnen.

4 Das ganze Motiv auf den Teller zeichnen, trocknen lassen.

5 Mit dem goldenen Porzellanmarker die goldenen Verzierungen aufbringen. Den Stift immer wieder auf dem Papier ausprobieren und zum Laufen bringen, damit keine Kleckse auf den Teller kommen. Nicht bis zu den Konturen ausmalen, sondern locker zwischendrin mit Linien, Punkten und Kringeln füllen.

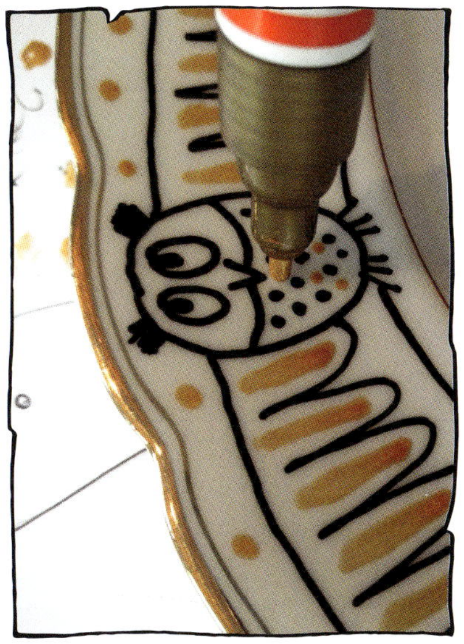

6 Alle goldenen Verzierungen aufmalen, trocknen lassen.

7 Mit dem schwarzen Porzellanmarker noch mal kleine Akzente setzen, sodass ein ausgewogenes Bild entsteht.

8 Alle Teller und Tassen verzieren – mit Texten, Eulen und Kringeln –, ganz nach deinem Geschmack. Schnittflächen und Trinkränder frei lassen. Vier Stunden trocknen lassen.

9 Bei dekorierten Tellern mit Schriften arbeiten und Texte dort platzieren, wo Zwischenräume sind. So enteht aus einem zusammengewürfelten Sortiment ein homogenes Service, das durch deine persönliche Handschrift zusammengehalten wird.

10 Auf den großen Kuchenteller habe ich das Gedicht des Sprechenden Hutes über die vier Häuser* geschrieben, das schafft den Übergang zur Karaffe und den Gläsern, die auf den nächsten Seiten beschrieben werden.

(Band 4, Kapitel »Das Trimagische Turnier«)

11 Die Teller und Tassen auf Backblechen oder dem Rost in den Ofen schieben, auf 160 °C einstellen und ab Erreichen der Temperatur 30 Minuten die Farbe einbrennen lassen. Ich empfehle Umluft, dann kannst du mehrere Bleche gleichzeitig brennen.

PROCLAMATIO

Die Vorlagen findest du im Anhang.

Nur ein alter Hut!

Beredte Karaffe mit Hogwarts-Kelchen

Die Gläser ziert das Wappen von Hogwarts, auf den Karaffen steht handgeschrieben ringsum das Lied vom Sprechenden Hut. Gryffindor, Ravenclaw, Hufflepuff oder Slytherin? Kirschsaft, Orangensaft, Blaubeersaft oder Spinatsaft könnten die vier Häuser symbolisieren. Nur – wer will schon Spinatsaft trinken? Deswegen würde ich das vernachlässigen und das einfüllen, was schmeckt – wir wissen auch so, in welches Haus wir gehören: Gryffindor! Allerdings ist auf Dunkelrot die Schrift schlecht lesbar, am besten würde man sie auf Milch lesen. Die Gläser ähneln Kelchen – ganz wie in Hogwarts. Das Wappen habe ich stark vereinfacht, damit es leicht mit dem Porzellanmalstift nachzumalen ist.

Den Text auf den Karaffen unbedingt vorher mit einem dokumentenechten Filzstift grob vorschreiben, damit er auch draufpasst. Den Filzstift kann man nach dem Brennen einfach wieder abwaschen. Übe vorher ein bisschen deine Handschrift, damit du die Karaffe locker vollschreiben kannst. Pingeln ist unnötig, Schwung ist angesagt! Wenn du dich mal verschreibst, kannst du auch die Porzellanfarbe vor dem Brennen wegwischen, z. B. mit einem feuchten Wattestäbchen. Zusammen mit dem Geschirr der vorhergehenden Seiten ist die Tafel nun gedeckt und dein Harry-Potter-Festmahl oder deine Harry-Potter-Geburtstagsparty kann stattfinden!

Das brauchst du:

Kelchähnliche Gläser, gläserne Karaffen (IKEA),
Porzellanmalstift Universal 1 – 2 mm Gold Metallic,
Porzellanmalstift Universal 0,8 mm Schwarz,
Porzellanmalstift Universal 2 – 4 mm Schwarz
(Marabu Porcelain & Glas), Filzstift dokumentenecht,
(Faber-Castell Broadpen 1554),
Skizzenpapier

1 Die Gläser ausmessen und festlegen, wie groß das Wappen werden soll. Trinkrand frei lassen.

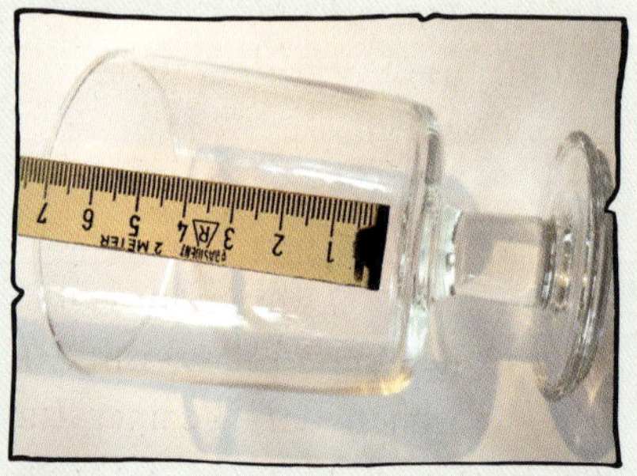

2 Ein Wappen in der richtigen Größe mit Bleistift skizzieren, mit Filzstift nachzeichnen, anschließend den Bleistift wegradieren. Oder die Vorlage aus dem Anhang in der richtigen Größe ausdrucken oder kopieren.

3 Das Wappen ausschneiden, von innen mit Klebestreifen in das Glas kleben.

4 Mit dem schwarzen Porzellanmalstift (0,8 mm) nachzeichnen. 4 Stunden trocknen lassen.

5 Das Papier entfernen und mit dem goldenen Porzellanmalstift Verzierungen aufmalen. Den Rand entweder durchgehend ausmalen …

… oder mit Punkten füllen.

6 Das Lied vom Sprechenden Hut mit dem dokumentenechten Filzstift auf die beiden Karaffen verteilen. *(Text in Band 4 im Kapitel »Das Trimagische Turnier«)*

7 Mit dem schwarzen Porzellanmalstift (2–4 mm) rundum beschreiben, 4 Std. trocknen lassen.

8 Auf einem mit Alufolie ausgelegten Backblech in den kalten Ofen geben, auf 160 ° C erhitzen. Ab Erreichen der Temperatur die Farbe 90 Minuten einbrennen. Im Ofen auskühlen lassen.

Aqua Evanesco!

Magische Geschirrtücher

Abtrocknen gehört nicht zu den spannendsten Tätigkeiten, aber Geschirrtücher anmalen macht richtig Spaß, geht superschnell und ist wirklich einfach. Weiße Geschirrtücher aus Halbleinen sind leicht zu finden und günstig zu haben. Halbleinen oder Leinen trocknen besser als Baumwolle, sind fusselfreier und weniger voluminös, was bei schmalen Gläsern wichtig ist. Im Prinzip kannst du auch einfach über alte, verblasste Tücher drübermalen und sie damit aufpeppen – und natürlich kannst du auch auf Baumwolle malen. Manche Textilmarker muss man tatsächlich nicht fixieren – wie durch Zauberei halten sie ohne Fixierung einer Wäsche mit 60° C stand. Andere muss man drei Minuten bügeln, was auch kein wirklicher Aufwand ist.

Ich habe mir ein paar Motive ausgedacht – man könnte das unendlich erweitern – mit Drachen, Einhörnern, Hippogreifen usw. Ein schönes Einhorn findest du in meinem Malbuch »*Ich mal mich glücklich*«, dort sind auch noch andere Eulen. Mit dem Neundreiviertel-Geschirrtuch gelangst du in die Welt der Hauselfen, die dir unsichtbar beim Abtrocknen helfen. Die Eulerei verbindet dich während des Abtrocknens mit all denen, die gerade an dich denken und dir gute Botschaften schicken. Die magische Kraft der Alraunen hält böse Zauber von dir fern – das kann nie schaden. Ein Tuch komplett mit Zitaten vollzuschreiben sieht auch gut aus – oder einfach nur mit dem Zauberspruch: Aqua Evanesco! – Wasser, verschwinde!

Das brauchst du:

Geschirrtuch, weiß, in Halbleinen,
Leinen oder Baumwolle, 50 x 70 cm,
Schneiderkreide oder andere
wieder auswaschbare Vorzeichenstifte,
Textilmarker in verschiedenen Farben

1 Das Motiv mit Schneiderkreide als Skizze locker vorzeichnen. Die Schneiderkreide lässt sich später leicht wieder herauswaschen, die Skizze dient nur zur Orientierung.

2 Alternativ aus den Kopiervorlagen im Anhang das Motiv deiner Wahl auf die richtige Größe kopieren, am besten auf zwei bis drei DIN-A3-Blätter verteilt, die du dann zusammenklebst. Das ist günstiger als eine große Kopie in 50 x 70 cm. Kopien unter das Geschirrtuch legen – Geschirrtücher sind meistens so dünn, dass die Vorlage gut durchscheint. Bist du sicher im Zeichnen, dann zeichne einfach direkt mit dem Marker drauflos. Du kannst aber auch erst mit der Schneiderkreide vorzeichnen und dann mit dem Marker arbeiten. Meine Vorlagen sind alle locker freihand skizziert, die Schrift darf auch mal krumm sein und nicht genau auf Linie stehen – das macht den Charme einer Handzeichnung aus.

3 Beim Neundreiviertel-Tuch die Kontur (über die Kreide-Vorzeichnung) mit schwarzem Marker zeichnen. Linien, die nicht auf Anhieb gelungen sind, vorsichtig nachbessern, bis die Form passt. Schrift eher zu schmal als zu dick skizzieren – ist sie später ausgefüllt, wirkt sie dicker als in der Konturvariante. Die Flächen gleichmäßig mit parallelen Schrägstrichen füllen, vom Rand her immer dichter und dadurch dunkler arbeiten. Dabei lassen sich die nicht so gut gelungenen Linien kaschieren und das Ganze bekommt den Charakter einer Entwurfszeichnung.

4 Die Schrift komplett schraffieren, durch Verdichtungen an den Rändern entsteht ein leicht plastischer Effekt. Neundreiviertel sieht am besten einfach in Schwarz auf Weiß aus, da braucht es keine Farbe. Ein schnörkelloses Geschenk für Puristen!

5 Bei den anderen Motiven zunächst – mit oder ohne Vorzeichnung – die komplette schwarze Zeichnung anlegen. Für Schriften Hilfslinien (eventuell mit Lineal) ziehen, locker die Buchstaben andeuten, damit auch alles hinpasst, dann erst ins Detail gehen.

6 Farbige Flächen nicht komplett zumalen – das sieht schnell fleckig und zugeschmiert aus. Besser mit Struktur füllen, also mit Strichen, Punkten oder Kringeln. Das sieht dekorativer aus und lässt sich leichter steuern: Durch immer dichter werdende Strukturen wird die Fläche gleichmäßig immer voller. Wichtig dabei ist, gleichmäßig in der ganzen Fläche zu arbeiten. So lässt sich die Farbtiefe am besten kontrollieren. Dabei bleibt auch die schwarze Grundzeichnung gut stehen und setzt sich gut von der Farbe ab. Die Zeichnung bei den Alraunen noch mit farbigen Kringeln und Linien ergänzen. Pro Design nur ein bis zwei Farben plus Schwarz verwenden, das sieht edler aus als zu viele bunte Farben.

7 Große Schriften in den Senkrechten sparsam verzieren – z. B. mit schwarzen Querstreifen und farbigen Linien.

8 Je nach Gebrauchsanweisung der jeweiligen Textilmarker die Zeichnung durch Bügeln fixieren. Anschließend die Kreide auswaschen, am besten gleich mit 60 ° C. Sind sie einmal gewaschen, trocknen die Geschirrtücher besser ab, weil sie saugfähiger sind. Leinen bekommt man am besten wieder glatt, wenn man es vor der Wäsche ein halbe Stunde einweicht und sehr heiß mit Dampf bügelt.

PROCLAMATIO

Die Kopiervorlagen findest du im Anhang.

***

Die Karte des Rumtreibers

Wandbehang mit Zauberstab

Müde sinkst du in dein Bett, nachdem du dich an der Hogwarts-Tafel satt gegessen hast. Deinen Zauberstab brauchst du heute vermutlich nicht mehr, deswegen verwahrst du ihn sicher in den beiden Schlaufen auf dem Wandbehang. Die Karte des Rumtreibers hast du in dein Geheimversteck auf der Rückseite gesteckt. Das Fach ist so geheim, dass es in der folgenden Anleitung nicht erwähnt wird – ich könnte mir vorstellen, du hast dir eine Tasche auf die Rückseite genäht. Schottisches Karo passt gut zu deinem Zimmer, mit einem einzigen Nagel hast du den Wandbehang über deinem Bett aufgehängt.

Ich habe die Originalkarte stilecht mit schwarzer Tusche und Feder nachgezeichnet und dabei ein paar Details verändert. Statt der vielen Buchstaben verzieren gekringelte Linien die Landschaft, irgendwo habe ich heimlich meinen Namen »Christine« hineingeschrieben. Außerdem fand ich, dass sich ruhig ein paar Katzen, Vögel, Hippogreife, Einhörner und andere Tiere rumtreiben dürfen.

Durch den Foto-Potch-Kleber ist der Nessel dick wie Leder geworden, das gibt dem Wandbehang ordentlich Volumen. Zugegeben, es ist nicht leicht, die Zeichnung auf vier Blätter verteilt passgenau mit dem Kleber aufzubringen – aber in der Gesamtwirkung fällt es überhaupt nicht auf, dass die Zeichnung an den Kanten ein ganz klein wenig verrutscht ist.

ITINERARIUM MARAUDENTIUM
Messrs.
MOONY, WORMTAIL,
PADFOOT & PRONGS
are proud to present
HOGWARTS
The
MARAUDER'S
MAP

Das brauchst du:

Karostoff in dunklen Rottönen mit Schwarz (Wollimitat oder Schurwolle) 100 x 150 cm, schweres Leinen in Naturbeige 100 x 100 cm, Baumwollnessel, vorgewaschen, 70 x 100 cm, Nähgarn Schwarz, Foto-Transfer-Potch transparent 150 ml, spiegelverkehrte Laserkopien des Motivs, Malerkrepp, Gummiwalze, Hartfaserplatte 70 x 100 cm als Unterlage, Hohlstange 100 cm lang, Kordel, Acryllack matt Schwarz. Gegebenenfalls Papier, Bleistift, Zeichenfeder und schwarze Tusche.

1 Zeichnest du gerne? Dann zeichne dir deine eigene Karte des Rumtreibers! Eine Vorlage in DIN A3 mit einem weichen Bleistift auf weißes Papier durchpausen, Details hinzufügen wie Katzen, ein paar Tierwesen oder Elemente deiner Lieblingsburg. Das Motiv mit Tusche nachzeichnen. Wenn alles gut trocken ist, mit einem Knetradiergummi die Bleistiftzeichnung entfernen.

PROCLAMATIO

Die Kopiervorlage findest du im Anhang.

100 cm
Schlaufenlänge circa 5 cm
Messrs
MOONY, WORMTAIL,
PADFOOT & PRONGS
are proud to present
The
MARAUDER'S
MAP
68 cm
75 cm
95 cm
48 cm
55 cm
75 cm

2 Das Motiv (deine eigene Zeichnung oder die Vorlage) spiegelverkehrt auf vier Blätter (DIN A3) kopieren. Die Vorlage im Anhang ist bereits in vier Teile zerlegt, die genau aneinanderpassen. Sie haben keinen Rahmen, damit kein schwarzes Kreuz das Motiv zerteilt. Diese auf 150 Prozent vergrößert ausdrucken und mit Cutter und Lineal ausschneiden – die Anschlüsse der Zeichnung müssen genau passen. Nichts von der Zeichnung wegschneiden, aber auch innen keinen weißen Rand stehen lassen. Der äußere Rand muss nicht so genau sein, sollte aber der Form folgen. Die vier Teile mit Malerkrepp an ein paar Stellen von oben zusammenfügen.

3 Möglichst dort kleben, wo keine Zeichnung ist, die sich später mit dem Kreppband lösen könnte.

4 Das Motiv umdrehen und von hinten an ein paar Stellen zusammenkleben, am wichtigsten sind das Mittelkreuz und die äußeren Kanten.

5 Foto-Transfer-Potch in ein größeres Glas umfüllen, Nessel straff um die Hartfaserplatte legen, Kanten einschlagen. Pinsel und Gummirolle bereitlegen.

6 Von der Motiv-Oberseite die Klebestreifen vorsichtig wieder abziehen. Den Nessel mit Foto-Transfer-Potch zügig gut einstreichen. Das Motiv von oben ebenfalls zügig einstreichen.

7 Beides zusammenfügen und mit der Gummiwalze platt rollen, alle Luftblasen herausstreichen. Das Ganze muss flott gehen, denn das Papier dehnt sich, der Kleber zieht schnell an und wenn du einmal begonnen hast, gibt es kein Zurück mehr und keine Pause! Im Idealfall hast du jemanden, der dir dabei zur Hand geht. Es lässt sich kaum vermeiden, dass die Zeichnung nicht hundertprozentig genau aneinanderstößt, aber das fällt am Ende nicht auf. Grobe Fehlstellen kannst du auch mit einem geeigneten Filzstift retuschieren. (Natürlich wäre es handlicher, wenn das Papier in einem Stück wäre – aber Großformatdrucke sind in der Regel Tintenstrahldrucke und eignen sich nicht für die Foto-Transfer-Technik.)

8 Das Ganze von der Hartfaserplatte lösen und zum Trocknen aufhängen – am besten im Freien, denn der Kleber riecht stark. Einige Stunden gut trocknen lassen. Mit lauwarmem Wasser und ein bisschen Spülmittel mindestens eine Stunde lang gut einweichen.

9 Wenn sich das Papier lösen lässt, die oberste Papierschicht abrubbeln bzw. abziehen.

10 Mit viel Wasser arbeiten, das Papier weitgehend entfernen.

11 In klarem Wasser spülen und unter fließendem Wasser die verbliebenen Papierkrümel sanft lösen. Zum Trocknen aufhängen.

12 Einen Streifen von 8 cm Breite und 20 cm Länge vom Nessel abreißen. Längs falten und mit der Nähmaschine ein Ende und die Längskante mit 1 cm Nahtzugabe absteppen.

13 Mit einem rundstieligen Kochlöffel das geschlossene Ende nach innen schieben, den Stoffschlauch über den Löffelstiel ziehen, Löffel herausziehen und den Schlauch glatt streichen.

14 Mit schwarzem Faden der Länge nach von beiden Seiten absteppen, sodass ein circa 3 cm breiter Streifen entsteht.

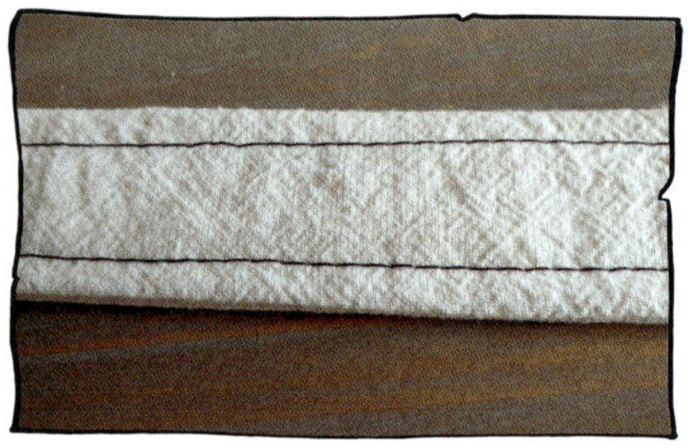

15 Je nach Durchmesser deines Zauberstabes zwei Streifen von ca. 7 cm Länge abschneiden, auf das Motiv auflegen, Enden umschlagen, mit dem Zauberstab positionieren und die Streifen an einer Seite feststecken.

16 Die Streifen leicht wölben. Zunächst das lose, dann das festgesteckte Ende annähen.

17 Mit 7–8 cm Rand um das Motiv den Nessel zuschneiden. Nach hinten umschlagen, feststecken, sodass ein circa 3 cm breiter Rand um das Motiv stehen bleibt.

18 Mittig auf dem beigen Leinenstoff positionieren, feststecken und mit schwarzem Faden annähen. Dabei ca. 5 mm Abstand von der Steppnaht zum Rand lassen. Stecknadeln entfernen.

19 Den Leinenstoff links und rechts in zwei »Biesen« legen, die einen circa 3,5 cm breiten Rand ergeben. So falten, dass der Stoff so weit nach hinten reicht, dass er auf dem Nesselstoff festgenäht werden kann.

20 Mit Stecknadeln fixieren. Oben und unten zu einem 3,5 cm breiten Rand umschlagen, feststecken.

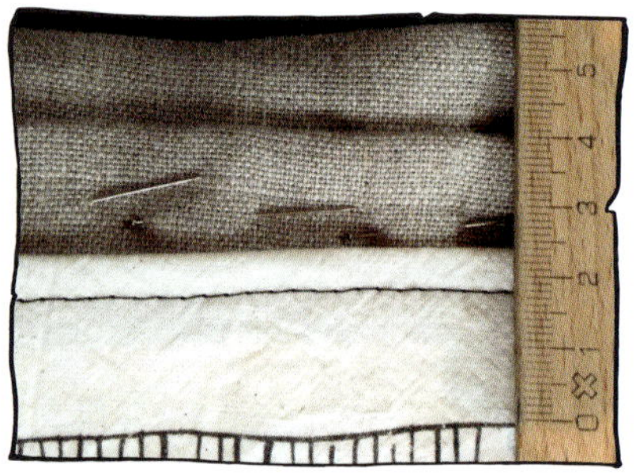

21 Das Ganze auf den Karostoff auflegen und mittig zu den Karos positionieren. Nach allen Seiten einen Rand von ca. 10 cm messen, oben mindestens 5 cm, seitlich 7 cm und unten 10 cm Randzugabe anzeichnen und den Stoff zuschneiden. Randzugaben nach hinten umschlagen, feststecken. Dabei den oberen und unteren Rand über die seitlichen Ränder legen.

22 Nun zunächst den Nessel auf das Leinen nähen und dabei gleichzeitig die Biesen festnähen. Die Naht mit ca. 5 mm Abstand zur ersten Naht nach innen versetzen. Stecknadeln entfernen.

23 Die Ränder des Wollstoffs umnähen, die Naht 4–5 cm weit nach innen setzen. Stecknadeln entfernen.

24 Aus dem Rest des Wollstoffs einen 11 cm breiten und 100 cm langen Streifen schneiden und daraus wie in Schritt 12 bis

14 beschrieben einen 3,5 cm breiten Streifen nähen. In acht Stücke zerschneiden – den Streifen also halbieren, vierteln, achteln.

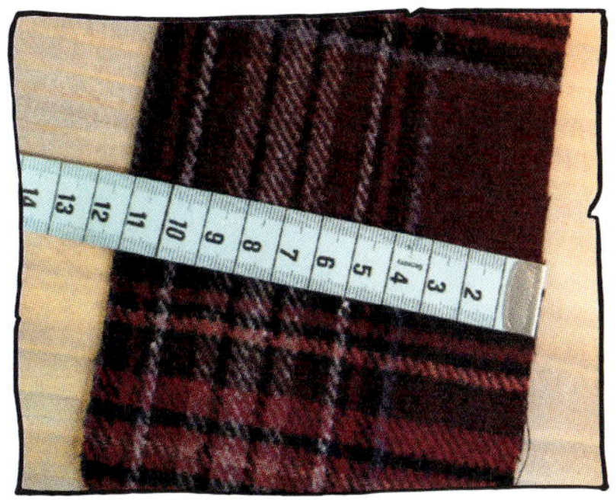

25 Zu Schlaufen legen und an der Oberkante des Wollstoffes rückseitig annähen. Zwei Schlaufen jeweils knapp an der Außenkante rechts und links setzen, die restlichen gleichmäßig verteilen.

26 Den Bildteil (Nessel auf Leinen) auf dem Trägerteil (Karostoff) mittig positionieren, der Abstand zur Oberkante darf etwas kleiner sein als der zur Unterkante, dann sitzt das Bild in der optischen Mitte. Mit Stecknadeln die Oberkante des Bildteils auf dem Trägerteil anheften. Mit einer dritten schwarzen Steppnaht oben annähen, die Seiten und die Unterkante fallen lose.

27 Die obere Kante des Leinenstoffs verdeckt mit wenigen Stichen anheften, damit er nicht nach vorne kippt. Einen Rundstab von 1 m Länge matt schwarz lackieren, trocknen lassen. Eine passende Kordel durchziehen. Den Stab durch die Schlaufen des Wandbehangs führen, die Kordel so eng es geht zusammenknoten. Den Knoten in das innere der Stange ziehen. Nagel in die Wand, Wandbehang aufhängen, Zauberstab in die Schlaufen – fertig!

Verzaubere deine Gäste

Du hast deine Eulen ausgesandt und deine Gäste eingeladen. Zur Begrüßung bekommt jeder Gast eine Schokofroschkarte, die ein schönes Andenken an deine Party sein wird. Nachdem ihr euch gestärkt habt, startet ihr in vier Gruppen zum Trimagischen Turnier – in partytauglicher Abwandlung. Keine Gefahren lauern auf euch, ihr müsst nur schnell sein. Mit »Harry, Hogwarts, Accio!« messt ihr anschließend euer Harry-Potter-Wissen, das ihr zuvor schon im Labyrinth bewiesen habt. Vielleicht hast du die Einladung von Seite 120 verschickt – dann spielt ihr das Fotospiel und erfindet ganz neue Geschichten, in denen sich Vergangenheit und Gegenwart, Realität und Fantasie miteinander verweben. Die Erinnerungsphiolen eignen sich gut als Partyspiel, du kannst dir damit aber auch dein eigenes Denkarium anlegen. Wenn ihr in einer Clique feiert, nehmt die Phiolen für eure gemeinsamen Erinnerungen an die schönsten Harry-Potter-Events.

Eulenkarten

Schick mir deine Eule!

Wenn du Briefe versenden möchtest, brauchst du eine Eule. Da die meisten von uns aber keine echte Eule haben, müssen wir uns mit Eulenkarten begnügen. Hauptsache, die Botschaft stimmt!

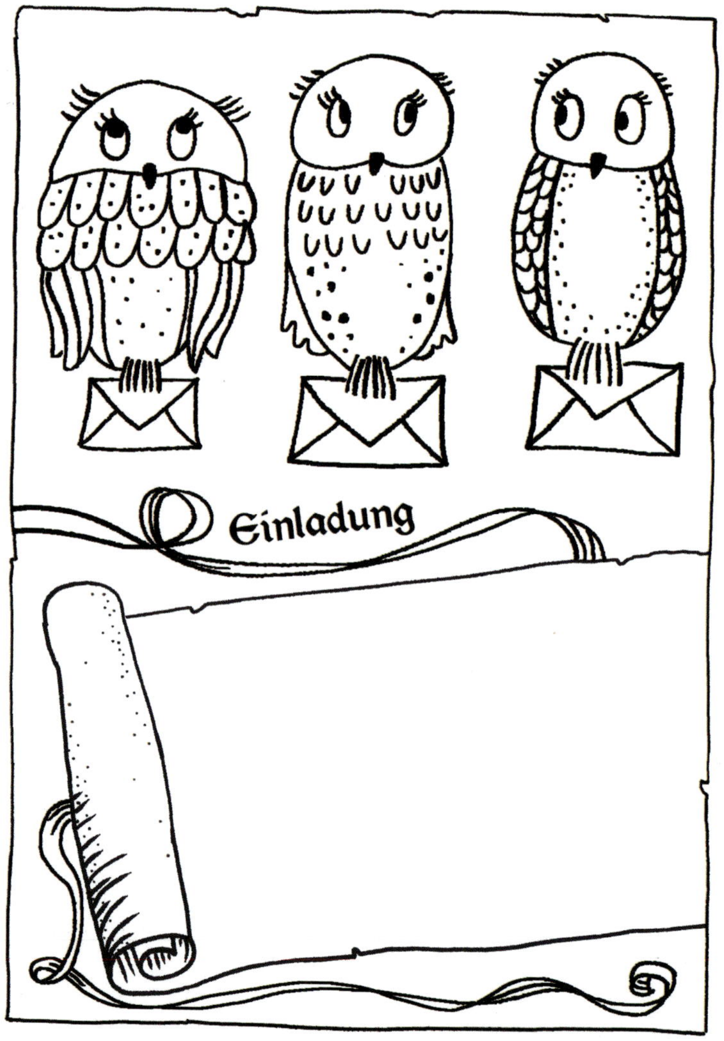

Einladung

Eulenpost
für dich!

Schokofrösche

Völlig neue Schokofrösche

Das brauchst du:

Ausdrucke der Vorlage auf hellgrünem Tonpapier, Acrylmarker in Weiß und Gold, Gummifrösche, Schokolade, Zahnstocher

1 Schokofrösche sind nicht leicht zu bekommen, alternativ kann man daher Gummifrösche mit Schokolade überziehen. Im Sommer am besten einfach Gummifrösche blanko verwenden, damit die Karten nicht vor geschmolzener Schokolade triefen.

2 Die Vorlage im Anhang auf DIN A3 vergrößern (ca. 170 Prozent) und auf hellgrünem Tonpapier ausdrucken. Mit Acrylmarkern in Weiß und Gold verzieren und beschriften.

3 Entlang der durchgezogenen Linien ausschneiden, an den gepunkteten Linien nach hinten umknicken. Klebeflächen zusammenkleben, Karte hineinlegen, Frosch dazulegen und fertig!

PROCLAMATIO

Die Kopiervorlage findest du im Anhang.

Trimagisches Turnier

Ungefährlicher Partyspaß

So geht's:

Für mindestens vier Spieler geeignet, die in vier Gruppen eingeteilt werden. Flexible Spieldauer.

Das Trimagische Turnier lässt sich in ein Partyspiel umwandeln, bei dem niemand zu Schaden kommt. Je nachdem, wie viel Zeit du hast, kannst du die Aufgaben anlegen. Zu gewinnen gibt es keinen Pokal, sondern etwas anderes – z. B. dieses Buch oder Schokolade!

Die erste Aufgabe: Denke dir eine nicht zu gefährliche Schnitzeljagd aus und verstecke am Ziel für jeden Mitspieler ein in Goldpapier verpacktes Ü-Ei. Die vier Gruppen suchen gemeinsam. Wer als Erstes den Inhalt des Eis zusammengebaut hat, an dessen Gruppe geht der erste Punkt.

Die zweite Aufgabe: Jeder Mitspieler bekommt ein großes Glas Wasser. Was ihr liebt, wird nun hineingeworfen: Gummieulen. Mit einem Strohhalm müsst ihr sie so schnell wie möglich ansaugen und herausholen. Die Gruppe, die in 30 Sekunden am meisten gerettet hat, bekommt den zweiten Punkt.

Die dritte Aufgabe: Jeder Mitspieler bekommt mindestens ein Labyrinth, aus dem er mit dem Stift herausfinden muss. Wer als Erster draußen ist, muss eine Harry-Potter-Quizfrage beantworten. Das Quiz denkst du dir selbst aus oder kaufst dafür eines. Zur Beantwortung der Frage hat der Spieler zehn Sekunden Zeit, in der die anderen weiterzeichnen dürfen. Weiß er die Antwort nicht, kommen die nächsten der Reihe nach dran, wenn sie aus dem Labyrinth herausgefunden haben. Die Gruppe mit den meisten Punkten bekommt den Punkt dieser Runde.

(Die Lösungen der Labyrinthe findest du auf Seite 126)

★★☆

Wer, wie, wo?

Harry, Hogwarts, Accio!

Stadt, Land, Fluss. Dieses Spiel kennt wohl jeder. Es wurde bereits Ende des 19. Jahrhunderts gespielt und ist bis heute sehr beliebt. Vermutlich kannte man es auch damals schon in Hogwarts, nur hieß es anders: »Wer, wie, wo?«. Welcher Zauberer, welcher Zauber und welcher magische Ort? Die Schüler traten regelmäßig zu Wer-wie-wo-Turnieren an, um ihr magisches Wissen zu messen. Seit Harry Potter hat man das Spiel umbenannt in »Harry, Hogwarts, Accio!«. Unverändert sind die Regeln bis heute: Die ersten drei Kategorien sind immer die gleichen, die folgenden denken sich die Spieler selbst aus. Infrage kommen Zauberkräuter und andere Zaubertrank-Zutaten, Tierwesen, Quidditch-Zubehör, Essen und Trinken, Scherzartikel, Pflanzen, Geschäfte, Spiele, Buchtitel, Unterrichtsfächer usw.

Die Runde beginnt, indem ein Spieler stumm das Alphabet aufsagt, ein anderer sagt irgendwann »Halt!«. Der Buchstabe, bei dem der andere gerade war, wird von ihm genannt, und los geht's. Wer zuerst fertig ist, hat gewonnen. Pro richtigem Eintrag gibt es zehn Punkte. Hat man als Einziger in ein Feld etwas eingetragen, gibt es zwanzig Punkte, haben zwei oder mehr das Gleiche eingetragen, gibt es fünf Punkte. Am Ende wird zusammengezählt. Der Spieler mit den meisten Punkten hat gewonnen. Ab zwei Spielern kann man es spielen, die Rundenanzahl sollte man vor Spielbeginn festlegen.

Harry (Name)	Hogwarts (Ort)	Accio! (Zauberspruch)					Punkte

Name: .... Gesamtpunkte: ....

***

Cum Iterneris

Bewegung im Fotoalbum

Die Fotoalben und Bilder bei Harry Potter sind besonders. Die Menschen darin bewegen sich. Zeit spielt keine Rolle mehr. Die Lebenden sprechen mit den vermeintlich Toten, die Vergangenheit lebt. Mit ein bisschen Fantasie und Humor kannst auch du Leben in deine Fotos bringen, in Hogwarts zur Schule gehen und neue Geschichten erfinden.

Die neue Generation!!!
9 3/4
Abfahrt nach Hogwarts
o.re. Magie-Grund-kurs
Tante Netti
Young Harry bei Dumbledore
Omama Nora
Unser erste
usritt!

Dieses Foto-Spiel eignet sich für einen oder mehrere vergnügliche Harry-Potter-Abende mit zwei bis acht Spielern.

Das Album: Du brauchst ein altes Fotoalbum, das ein bisschen aussieht wie das von Harry Potter. Vergilbt muss es ein, mindestens 50 Jahre alt und ohne Erinnerungswert für dich – denn nach dem Spiel wird es nicht mehr das Album sein, das es einmal war. Solche Alben findest du günstig auf dem Flohmarkt, beim Trödler um die Ecke oder im Internet. Entferne alle Fotos daraus.

Die Bilder: Als Basis für das Spiel brauchst du Fotos aus den Harry-Potter-Filmen. Wo du die findest, das weißt du sicherlich. Eine simple Möglichkeit ist, mit dem Handy den Fernseher zu fotografieren, während du dir die Filme noch mal ansiehst. Du brauchst Bilder, die sich dazu eignen, Personen darin erscheinen zu lassen. Dazu schneidest du Schlitze in die Fotos, z. B. entlang einer Schrankkante, in eine Türe, einen Bilderrahmen oder am Rücken eines Hippogreifen. Drucke die Fotos aus, am besten auf stabilem Fotopapier. Damit sie richtig alt aussehen, kannst du auch weiße Mausezähnchen-Rahmen drum herum montieren. Außerdem braucht jeder Mitspieler möglichst viele kleine Bilder von sich, seinen Freunden, Verwandten und Haustieren. Die Körper, Köpfe oder Büsten entweder entlang ihrer Silhouetten ausschneiden und auf 10 mm breite Pappstreifen aufkleben. Oder, wenn das Motiv es erlaubt, so aus dem Foto ausschneiden, dass die Person sich am Ende eines Streifens befindet.

Das Spiel: Legt die Harry-Potter-Filmfotos in die Mitte des Tisches, sodass jeder Spieler sie sieht. Daneben legt ihr die auf Streifen geklebten ausgeschnittenen Fotos – nennen wir sie »Hampelfotos«. Der erste Spieler nimmt ein Filmfoto und führt durch einen Schlitz ein Hampelfoto seiner Wahl. Dazu erfindet er eine Geschichte oder auch nur ein paar Sätze zum Geschehen. Dabei kann er das Bild hin- und herwackeln lassen, plötzlich erscheinen oder wieder verschwinden lassen. Währenddessen überlegen sich die anderen Mitspieler, wie es weitergehen könnte, und schieben vielleicht noch eine weitere Person in das Bild – denn ein Bild kann auch mehrere Schlitze haben. Ihr könnt es reihum spielen oder Teams bilden – oder einfach alle zusammen gleichzeitig an der Geschichte feilen.

Mit einem krätigen » Alohomora!«

erscheint deine Tante Adelheid plötzlich in der Tür und beobachtet Snape bei seinen geheimen Machenschaften. Deine Katze Mimi schläft auf Dumbledores Schreibtisch und im Porträt der Fetten Dame erscheint deine Großmutter. Ist eine Szene besonders gelungen, klebt sie im Album ein und schreibt die erfundene Handlung dazu – und weiter geht's! Auf diese Weise entsteht Stück für Stück eure eigene, private Hogwarts-Welt. Ihr könnt euch Abenteuer ausdenken, neue Biografien erfinden und nie gelöste Rätsel knacken. Mit Harry, Ron und Hermine streift ihr gemeinsam durch Hogwarts. Böse Tanten kann man getrost mal ein bisschen in den Keller sperren, besserwisserische Cousins in der ersten Klasse nachsitzen lassen und liebevollen Omas die Tafel in der Großen Halle von Hogwarts anführen lassen.

Das Album möglichst vollkritzeln und -schreiben, damit die Geschichte lebendig wirkt, mit all ihren Verstrickungen, plötzlichen Wendungen und Querverweisen.

Alternative: Erfinde deine eigene Familiengeschichte neu, hebe Zeit und Raum auf, mische die Generationen. Ganz wie bei Harry Potter, denn alles existiert gleichzeitig!

***

Erinnerungsphiolen

Kleines Denkarium für Muggel

Das brauchst du:

Reagenzgläser mit Bördelrand und Korken (160 x Ø 16 mm), schwarzer Acrylmarker (POSCA), Papier, dünne Kordel

Variante 1: Das Denkarium als Partyspiel funktioniert ganz einfach: Jeder Gast schreibt zehn Wörter auf ein Blatt Papier, die eine Szene in Harry Potter andeuten, und verschließt es in einer Phiole. Die Phiolen werden gemischt, jeder Spieler, bekommt eine und muss schnell die Szene erraten und kurz beschreiben. Beliebig viele Runden und Spieler.

Variante 2: Düfte wecken Erinnerungen in uns – ohne Umwege: Ein bestimmtes Parfüm, ein Kuchenduft oder sogar ein Putzmittel katapultieren uns schnell in eine vergangene Welt. Kleine Steine, Sand oder Muscheln erinnern uns an den letzten Urlaub. Muggel können also auch ein Denkarium haben! Und so geht's: Phiole mit einem schwarzen Acrylmarker beschriften. Schöne Erinnerungen, Anekdoten oder Rezepte aufschreiben, das Papier zusammenrollen, mit einer dünnen Kordel zusammenbinden. Ein Ende der Kordel aus der Phiole heraushängen lassen. Auch Blütenblätter, kleine Souvenirs, Fotos oder Düfte können eingefüllt und verschlossen werden. Verwahre deine Erinnerungsphiolen sicher und hole sie dir ab und zu in Ruhe hervor.

Ein Tag im August
In der Küche bei Muggenthalers
durch die Berge
Schweden 2007
Das Parfüm meiner Mutter
Der Garten meiner Oma
Der beste Apfelkuchen der Welt

Vorlagen

Auf den folgenden Seiten findest du die Vorlagen zu den Projekten für deinen privaten Bedarf. Nimm Maß, wie groß die Motive für deine Zwecke sein müssen. Vielleicht musst du etwas vergrößern oder verkleinern? Lege die Ausdrucke auf die Gegenstände auf, bevor du loslegst, und überprüfe, ob alles passt. Viel Spaß!

Auflösung zu Seite 117

Rechts: Die Karte des Rumtreibers habe ich mit kleinen Veränderungen nachgezeichnet, du kannst sie als Kopiervorlage verwenden. Auf den folgenden Seiten findest du die Karte in vier Teile zerlegt. Diese auf DIN A3 vergrößert und spiegelverkehrt ausgedruckt brauchst du für den Wandbehang von Seite 100.

ITINERARIUM MARAUDENTIUM
Messrs.
MOONY, WORMTAIL,
PADFOOT & PRONGS
are proud to present
HOGWARTS
The
MARAUDER'S
MAP

WORMTAIL,
& PRONGS
to present

MOONY,
PADFOOT
are proud
HOGWARTS

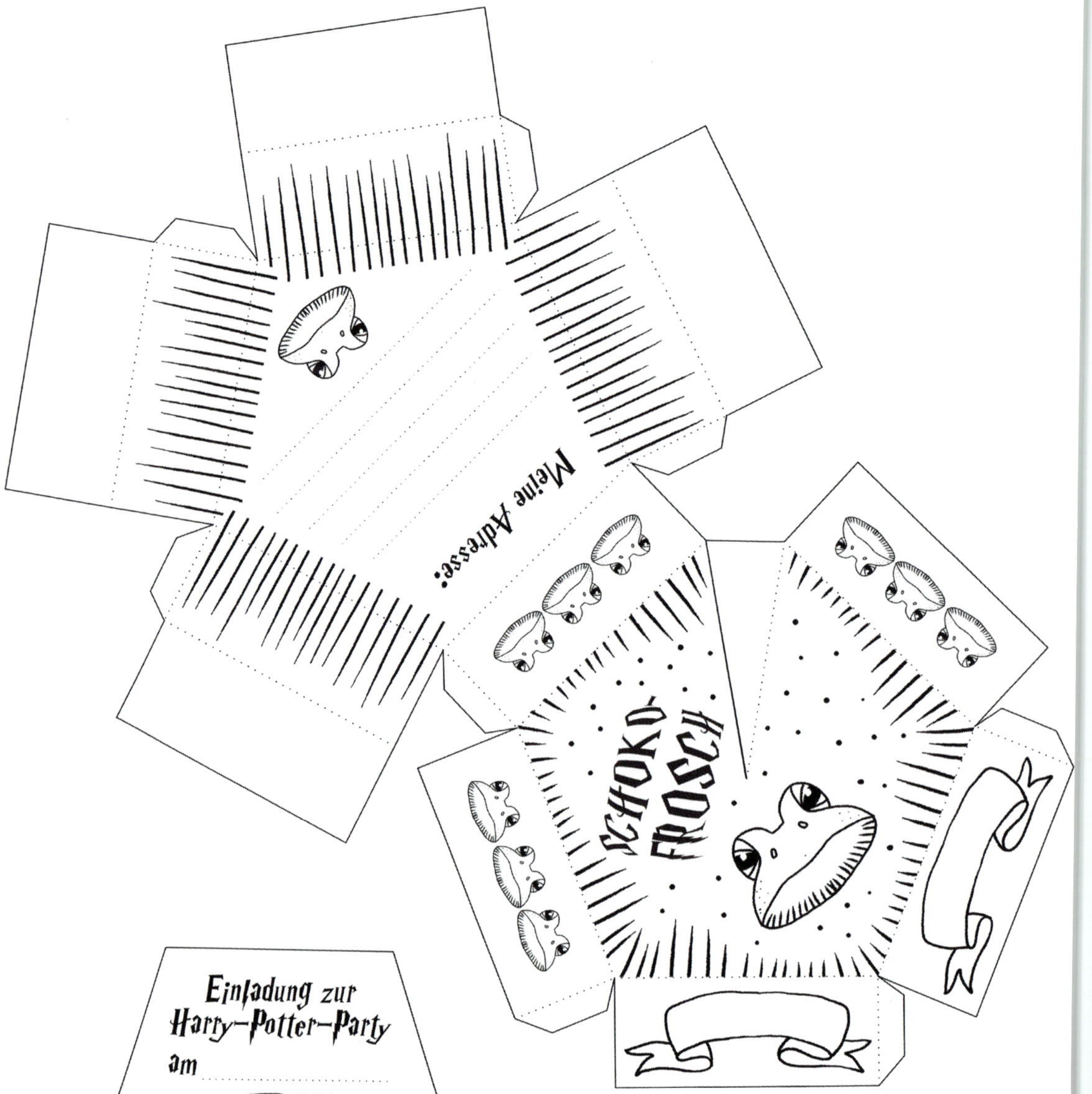

Um circa 145 Prozent vergrößern und auf hellgrünem Tonpapier in DIN A3 ausdrucken.

75 mm

35 mm

Die Größe des Etiketts richtet sich nach der Größe deiner Flaschen!

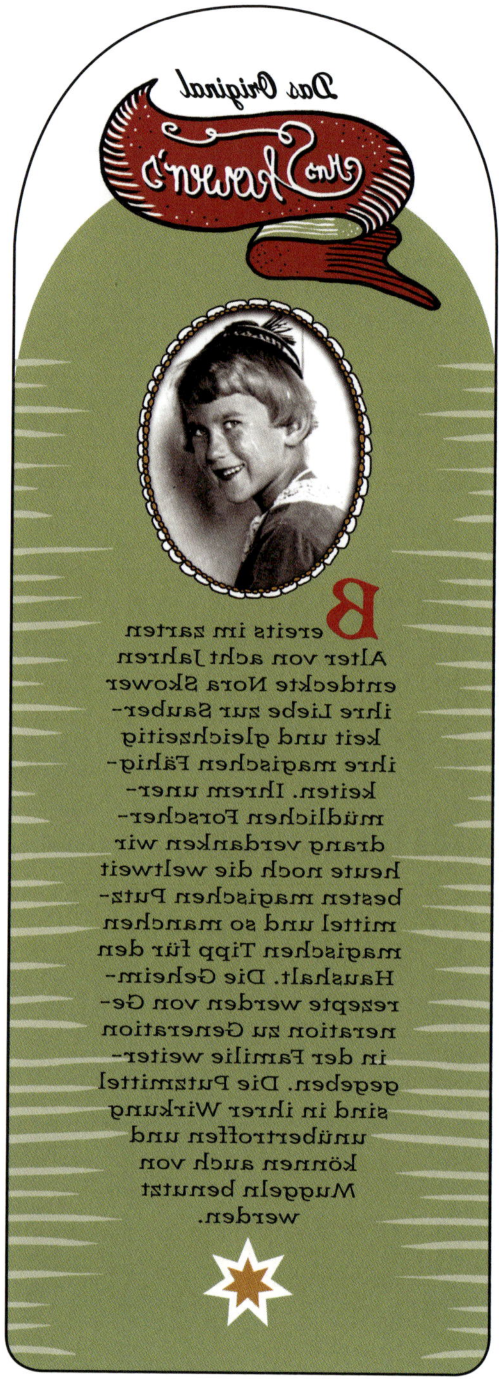

Die Etiketten sind spiegelverkehrt abgebildet.
So kannst du sie mit dem Laserkopierer 1 : 1 kopieren.

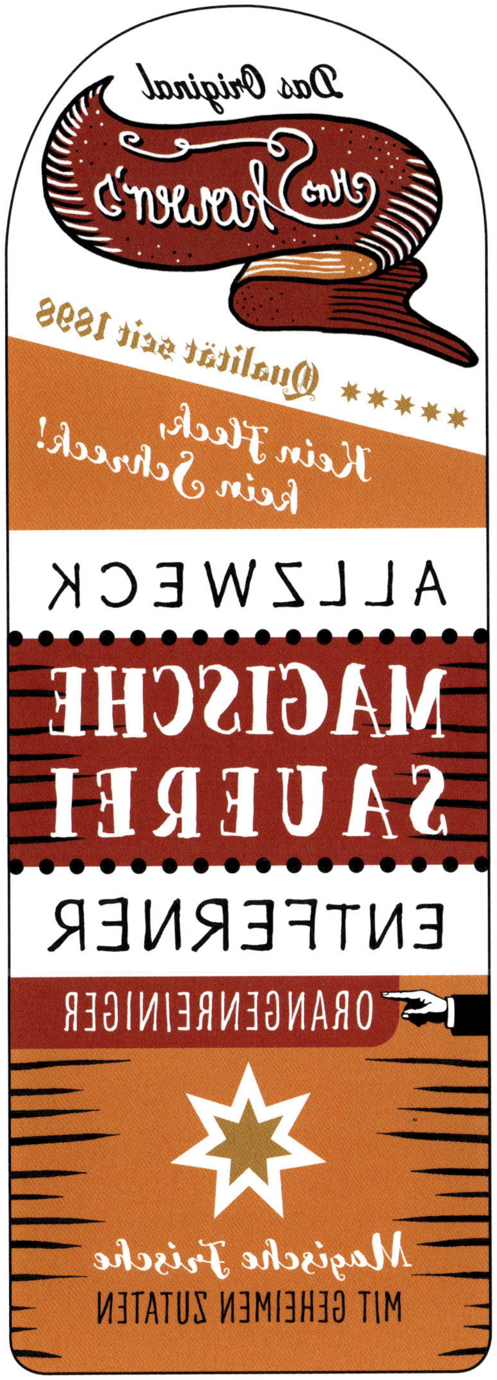
Das Original
Mrs Skower's
Qualität seit 1898
Kein Fleck!
Kein Schreck!
ALLZWECK
MAGISCHE
SAUEREI
ENTFERNER
ORANGENREINIGER
Magische Frische
MIT GEHEIMEN ZUTATEN

Das Original
Mrs Skower's
Bereits im zarten Alter von acht Jahren entdeckte Nora Skower ihre Liebe zur Sauberkeit und gleichzeitig ihre magischen Fähigkeiten. Ihrem unermüdlichen Forscherdrang verdanken wir heute noch die weltweit besten magischen Putzmittel und so manchen magischen Tipp für den Haushalt. Die Geheimrezepte werden von Generation zu Generation in der Familie weitergegeben. Die Putzmittel sind in ihrer Wirkung unübertroffen und können auch von Muggeln benutzt werden.

Alternativen: Sauber ausschneiden und beim Kopieren drüberlegen.

Das Original

Mrs Skower's

Qualität seit 1898

Kein Fleck, kein Schreck!

ALLZWECK

MAGISCHE SAUEREI

ENTFERNER

ZITRONENREINIGER

Magische Reinheit

MIT GEHEIMEN ZUTATEN

Das Original

Mrs Skower's

Bereits im zarten Alter von acht Jahren entdeckte Nora Skower ihre Liebe zur Sauberkeit und gleichzeitig ihre magischen Fähigkeiten. Ihrem unermüdlichen Forscherdrang verdanken wir heute noch die weltweit besten magischen Putzmittel und so manchen magischen Tipp für den Haushalt. Die Geheimrezepte werden von Generation zu Generation in der Familie weitergegeben. Die Putzmittel sind in ihrer Wirkung unübertroffen und können auch von Muggeln benutzt werden.

ZITRONENSPÜLMITTEL

LIMONENSPÜLMITTEL

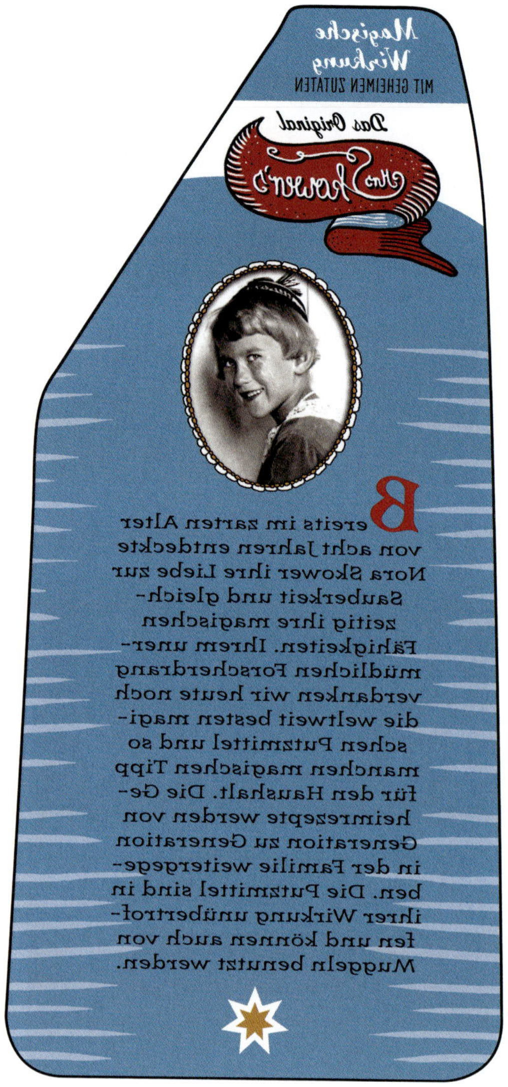

Diese Etikettenform gehört zu einer Sprühflasche. Der Sprüher lässt sich übrigens genauso gut lackieren wie die normalen Verschlüsse!

Das Original
Qualität seit 1898
Kein Fleck, kein Schreck!
ALLZWECK
MAGISCHE SAUEREI
ENTFERNER
GESCHIRRSPÜLMITTEL
Magischer Glanz
MIT GEHEIMEN ZUTATEN
Das Original
Qualität seit 1898
Kein Fleck, kein Schreck!
ALLZWECK
MAGISCHE SAUEREI
ENTFERNER
ALLZWECKREINIGER
Magische Sauberkeit
MIT GEHEIMEN ZUTATEN
Das Original
Qualität seit 1898
Kein Fleck, kein Schreck!
ALLZWECK
MAGISCHE SAUEREI
ENTFERNER
ZITRONENKRAFT SPÜLMITTEL
Magische Sauberkeit
MIT GEHEIMEN ZUTATEN
Das Original
Qualität seit 1898
Kein Fleck, kein Schreck!
ALLZWECK
MAGISCHE SAUEREI
ENTFERNER
ORANGENKRAFT SPÜLMITTEL
Magischer Glanz
MIT GEHEIMEN ZUTATEN

Das Original

Mrs Skower's

Bereits im zarten Alter von acht Jahren entdeckte Nora Skower ihre Liebe zur Sauberkeit und gleichzeitig ihre magischen Fähigkeiten. Ihrem unermüdlichen Forscherdrang verdanken wir heute noch die weltweit besten magischen Putzmittel und so manchen magischen Tipp für den Haushalt. Die Geheimrezepte werden von Generation zu Generation in der Familie weitergegeben. Die Putzmittel sind in ihrer Wirkung unübertroffen und können auch von Muggeln benutzt werden.

Das Original

Mrs Skower's

Bereits im zarten Alter von acht Jahren entdeckte Nora Skower ihre Liebe zur Sauberkeit und gleichzeitig ihre magischen Fähigkeiten. Ihrem unermüdlichen Forscherdrang verdanken wir heute noch die weltweit besten magischen Putzmittel und so manchen magischen Tipp für den Haushalt. Die Geheimrezepte werden von Generation zu Generation in der Familie weitergegeben. Die Putzmittel sind in ihrer Wirkung unübertroffen und können auch von Muggeln benutzt werden.

Das Original

Mrs Skower's

Bereits im zarten Alter von acht Jahren entdeckte Nora Skower ihre Liebe zur Sauberkeit und gleichzeitig ihre magischen Fähigkeiten. Ihrem unermüdlichen Forscherdrang verdanken wir heute noch die weltweit besten magischen Putzmittel und so manchen magischen Tipp für den Haushalt. Die Geheimrezepte werden von Generation zu Generation in der Familie weitergegeben. Die Putzmittel sind in ihrer Wirkung unübertroffen und können auch von Muggeln benutzt werden.

Das Original

Mrs Skower's

Bereits im zarten Alter von acht Jahren entdeckte Nora Skower ihre Liebe zur Sauberkeit und gleichzeitig ihre magischen Fähigkeiten. Ihrem unermüdlichen Forscherdrang verdanken wir heute noch die weltweit besten magischen Putzmittel und so manchen magischen Tipp für den Haushalt. Die Geheimrezepte werden von Generation zu Generation in der Familie weitergegeben. Die Putzmittel sind in ihrer Wirkung unübertroffen und können auch von Muggeln benutzt werden.

9 3/4

HEDWIG

EULEREI

MANDRAGORA OFFICINARUM
ALRAUNE

MANDRAGORA OFFICINARUM
ALRAUNE

Luna Lovegood's
Lenkpflaumen-Kompott

Luna Lovegood's
Lenkpflaumen-Kompott

Luna Lovegood's Lenkpflaumen-Kompott

Luna Lovegood's

....

Luna Lovegood's
Lenkpflaumen-Kompott

Luna Lovegood's
Lenkpflaumen-Kompott

Luna Lovegood's

....

Luna Lovegood's

....

Luna Lovegood's
Lenkpflaumen-Kompott

ALCHEMILLA VULGARIS
FRAUENMANTEL

Stärkt die weiblichen Organe und erhält die Potenz. Liebeszauberkraut, ruft wahnwitzige Träume hervor, dient zur Behandlung von Geschwülsten und zieht eingedrungene Gegenstände heraus.

BELLIS PERENNIS
GÄNSEBLÜMCHEN

Mittel, um das Wachstum zu beeinflussen. Zerkleinerte Gänseblümchenwurzeln sind Zutat für den Schrumpftrank, helfen bei hohem Blutdruck, Verstopfung, Leber- und Nierenleiden, Gicht, Rheuma. Lindern Hautprobleme.

CORIANDRUM SATIVUM
KORIANDER

Zauberkraut gegen Infektionen oder chronische Entzündungskrankheiten. Wundermittel gegen hartnäckige Krankheitserreger. Gut gegen Appetitlosigkeit, Verdauungsbeschwerden, Magenkrämpfe, Blähungen, Völlegefühl, Gelenkschmerzen und Rheuma.

LEVISTICUM OFFICINALE
LIEBSTÖCKEL

*Wird auch Maggikraut genannt.
Gilt als Liebeskraut, wirkt berauschend und verwirrend.
Verdauungsfördernd.
Als Räucherung gut gegen Heiserkeit.*

LAVANDULA OFFICINALIS
LAVENDEL

Gilt als Nervenkraut. Wirkt beruhigend, krampflösend, blähungs- und harntreibend. Hilft bei Asthma, Erschöpfung, Herzbeschwerden, Husten, Migräne, Nervosität, Nervenschwäche und bei Schlaflosigkeit. Als Badezusatz gegen Gicht, Ischias, Rheuma, Nervenschmerzen.

MENTHA PIPERITA
PFEFFERMINZE

Hilft bei Magen- und Darmbeschwerden, Blähungen, Durchfall, Übelkeit und Brechreiz, krampfartigen Schmerzen, Gallen- und Leberbeschwerden, Appetitlosigkeit, Zahnschmerzen, Nervosität, Nervenentzündungen und Nervenschmerzen.

SYRINGA VULGARIS
FLIEDER

Zauber, Heil- und Liebespflanze. Der Duft seiner Blüten verbreitet Harmonie, beim Räuchern dient er zum Schutz und zur Reinigung. Fliederöl zum Einreiben hilft bei Ischias: 300 g Blüten und Blätter gemischt 4 Wochen in 1 Liter Olivenöl an der Sonne stehen lassen, filtrieren.

URTICA DIOICA
BRENNNESSEL

Zaubermittel gegen Furunkel.
Wirkt blutreinigend bei Hautkrankheiten, entgiftend und stoffwechselanregend. Stimuliert die Verdauungsdrüsen, senkt den Blutzuckerspiegel. Kraut, Blätter und Samen enthalten viel Vitamin C.

TARAXACUM OFFICINALE
LÖWENZAHN

Wunderkraut. Wer sich damit einreibt, dem wird jeder Wunsch erfüllt. Verdauungsfördernd, gut für Leber und Galle. Hilft bei Rheuma, löst Nierensteine auf. Lässt Pickel und chronische Hautleiden verschwinden.

ZINGIBER OFFICINALE
INGWERWURZEL

In Streifen geschnittene Ingwerwurzel ist Zutat des Gripsschärfungstrankes. Wirkt geistig stimulierend und macht wach. Wirkt gegen Übelkeit, Erbrechen, Seekrankheit und Rheuma.

die schöne Ravenclaw
die tiefe Schlucht erkor
der kühne Gryffindor

werden gnüdelig,
Die Spur
Die Spur löst sich, wen

Die Spur
löst sich,
wenn
17
wird.

H

Die Spur löst sich, wenn man 17 wird.
Die werden gruselig, wenn

Dank

Zunächst einmal geht mein großer Dank an den mvg Verlag und meine Lektorin Karina Woller dafür, dass ich dieses Buch machen durfte. Danke an das Harry-Potter-Universum dafür, dass es existiert, und danke an J. K. Rowling dafür, dass sie es geschaffen hat. Danke an meinen Mann Michael und meinen Sohn Leo dafür, dass sie die letzten Wochen alleine gegen die dunklen Kräfte des Haushalts angekämpft haben und mich auch sonst immer unterstützen. Danke an Anja Sina dafür, dass Sie mir einen Einblick in die Welt der Magie gewährt hat.

Danke.

Die Autorin

Christine Rechl ist in München als vierte und jüngste Tochter von zwei Augenärzten aufgewachsen. Sie lebt mit ihrer Familie seit vielen Jahren in Coburg, wo sie sich ihren großen Garten mit Rehen, Hasen und anderen Wesen teilt. Kreativität und Erfindungsreichtum haben von Kindesbeinen an ihr Leben geprägt. Sie ist Grafik- und Textildesignerin mit internationalen Kunden und Autorin zahlreicher Bücher.

Impressum

Bibliografische Information der Deutschen Nationalbibliothek
Die Deutsche Nationalbibliothek verzeichnet diese Publikation in der Deutschen Nationalbibliografie.
Detaillierte bibliografische Daten sind im Internet über http://d-nb.de abrufbar.

Für Fragen und Anregungen
info@mvg-verlag.de

Originalausgabe
3. Auflage 2020

Nymphenburger Straße 86
D-80636 München
Tel.: 089 651285-0
Fax: 089 652096

Umschlaggestaltung: Isabella Dorsch
Umschlagabbildung: Shutterstock.com/Milushkina Anastasiya, merion merion
Konzeption, Text, Illustration, Layout, Satz, Fotos : Christine Rechl

Druck: Florjancic Tisk d.o.o., Slowenien
Printed in the EU

ISBN Print 978-3-86882-968-6
ISBN E-Book (PDF) 978-3-96121-276-7
ISBN E-Book (EPUB, Mobi) 978-3-96121-277-4

Weitere Informationen zum Verlag finden Sie unter
www.mvg-verlag.de
Beachten Sie auch unsere weiteren Verlage unter www.m-vg.de

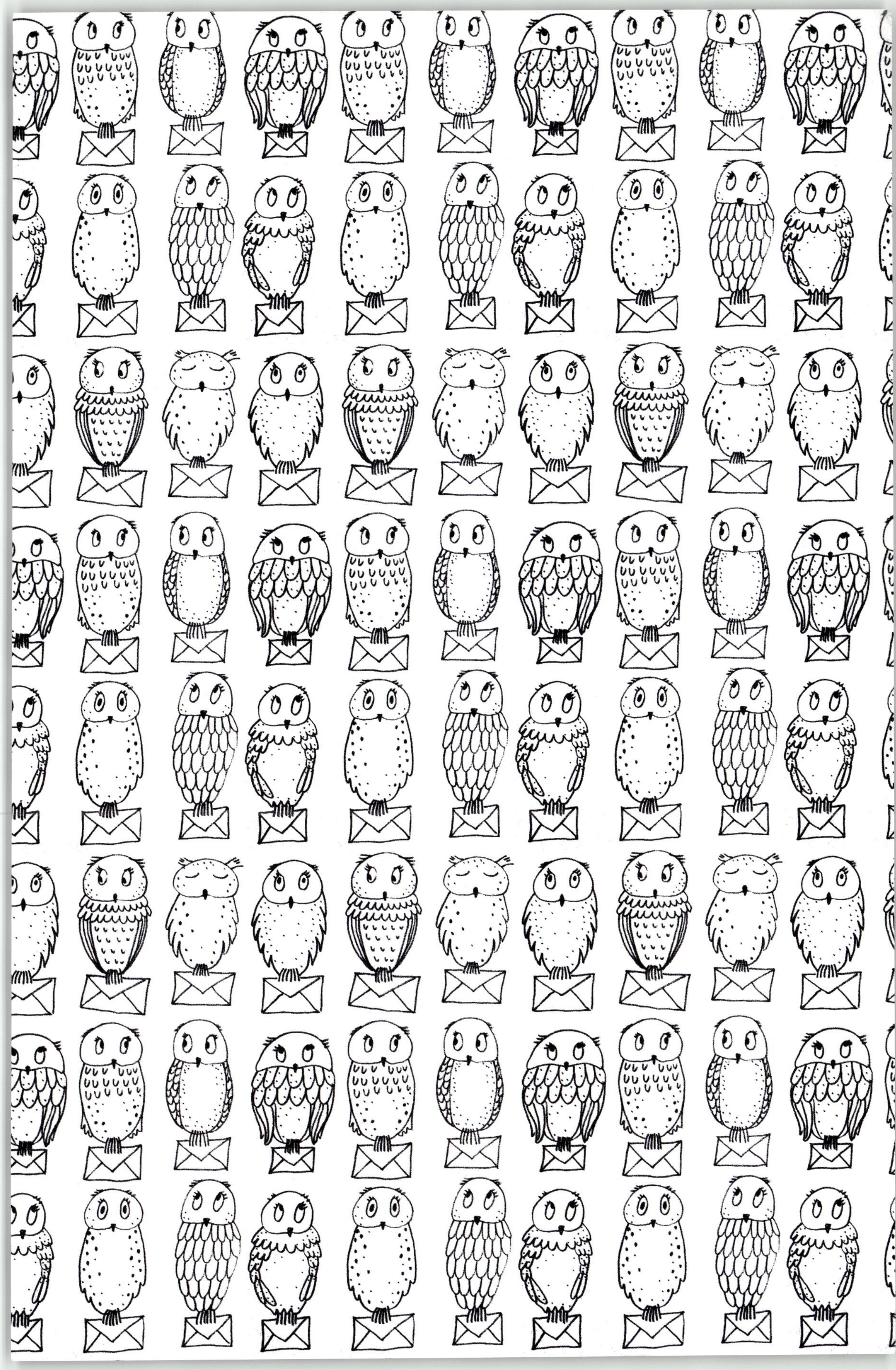

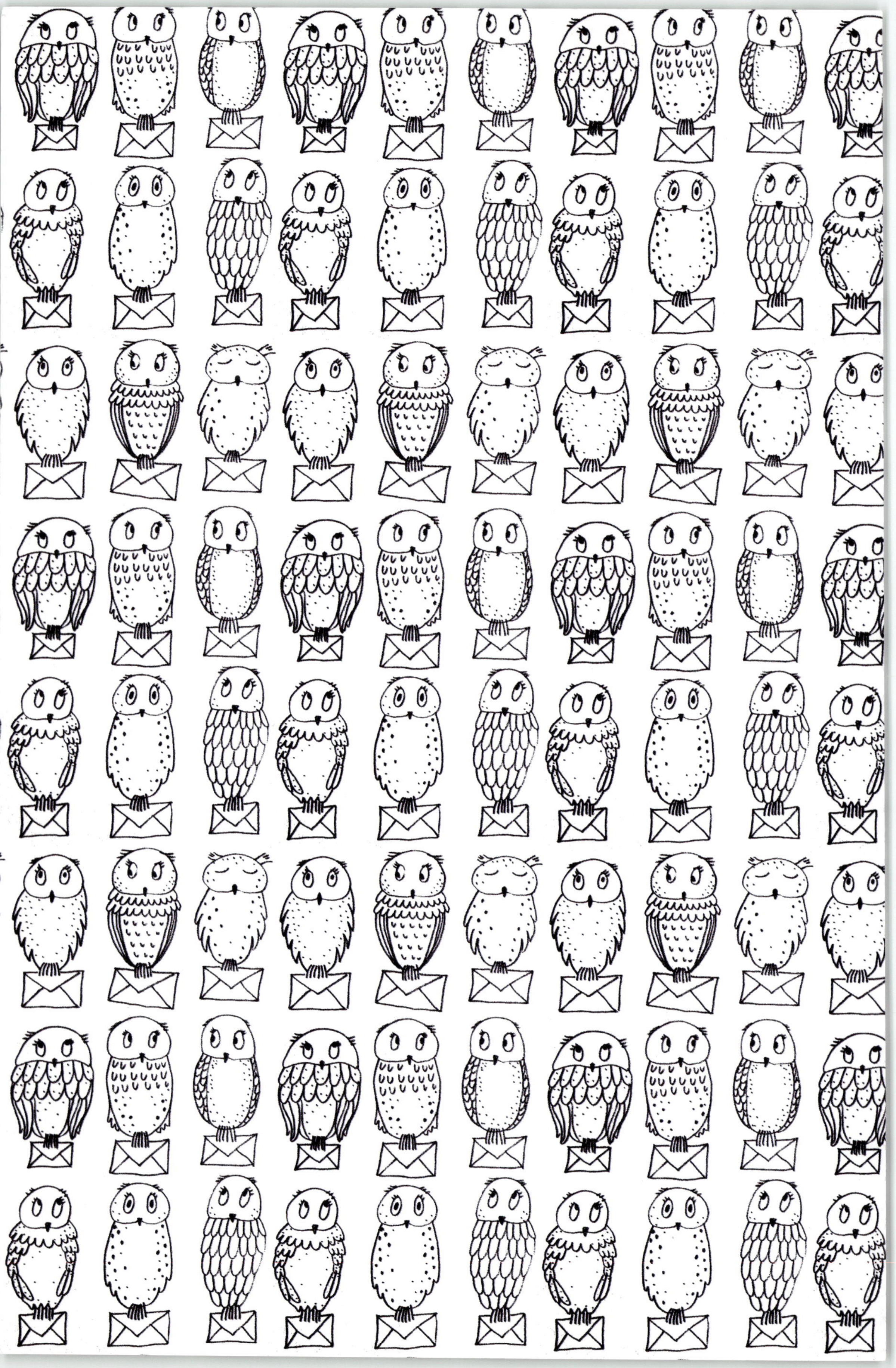